浪卷如初

邹伟 著

贵州出版集团
贵州人民出版社

图书在版编目（CIP）数据

浪卷如初 / 邹伟著. — 贵阳：贵州人民出版社，
2021.11
ISBN 978-7-221-16995-2

Ⅰ. ①浪… Ⅱ. ①邹… Ⅲ. ①文学－作品综合集－中
国－当代 Ⅳ. ①I217.2

中国版本图书馆CIP数据核字（2021）第248051号

出 版 人：王　旭
责任编辑：祁定江
特约编辑：刘　锋
封面设计：刘　霄
版式设计：任贤贤
书名题字：林树森

书　　名：浪卷如初
LANGJUAN RUCHU
作　　者：邹　伟
出版发行：贵州出版集团　　贵州人民出版社
地　　址：贵阳市观山湖区会展东路SOHO办公区A座
印　　刷：深圳市国际彩印有限公司
开　　本：710mm × 1000mm 1/16
印　　张：29
字　　数：240千字
版　　次：2021年11月第1版
印　　次：2021年11月第1次印刷
书　　号：ISBN 978-7-221-16995-2
定　　价：78.00元

為“浪漫如詩”書

眼里只有四季
心中已無糾纏

庚子年冬 毅偉

序言

诗无俗韵　文有馨香

中国的庚子年注定是一个非同寻常的年头，人生也注定有难解难分的缘分。7月盛夏的周末，疫情所致，绝少出门，闲听窗外知了一根筋地聒噪，心中难免泛起丝缕烦忧。不期然间想起邹伟兄早已发来他即将付梓出版的《浪卷如初》文稿，蒙兄厚爱，嘱我为其大著写点什么，正好以此来安魂定神，消解这闲日烦扰。故焚香沐手，正襟端坐，认真品读起邹伟兄文稿来。我常说，一本好书，必然有其内在的摄魂动情之处，邹伟兄的文字，自有超凡脱俗的魅力所在。

这些年来，已经很少听到人们密切关注什么文学的话题了。当下社会对文学，特别是对诗歌散文的疏离，已像秋后的落叶随风飘散着，亦如人们疯狂地拜金逐利一样，俨然已经成为一个时代的通病。文学的堕落与堕落的文人，已然成为现实社会的弊症和悲剧，在这个时候谈文学、谈诗歌、谈散文，真的是觉得有点奢侈。但是我始终坚信——热爱文学艺术的人，是值得让人敬佩的，因为文学的光芒依然照耀着他们的灵魂。就如邹伟兄，他的境界是高尚的，他的追求是典雅的，他的爱好是脱俗的，他的审美是超凡的，他以绅士般的风度成为一个文化苦旅者，成为特立独行的思想、精神和价值的追逐者……他凭着自己辛勤耕耘的累累硕果，让人们对其更加珍视和亲近。《浪卷如初》偌多诗文向我们展示了邹伟兄丰富多彩的文化修养和人生底蕴。仔细读来，书中文字有的如暮色四合时的白瓷清茶，禅意淳馨；有的如华灯璀璨下的欢宴美酒，兴致盎然；有的如山登绝顶我为青峰，极目远眺；有的如老牛反刍沧桑岁月，回味无穷……

苏东坡在《答张文潜书》中说：“其为人深不愿人知之，其文如其为人。”明时冯时可在《雨航杂录》中亦有此言：“文如其人哉，人如其文哉。”读邹伟兄散文诗歌，与其说是在读潇洒浪漫的文字，不如说读的是文字背后那个英气勃发、高怀逸性的人，亦是与作者融情融心的密切亲近。心有灵犀者，自当通衢。而从邹伟兄的经历反观其文字，就不会奇怪其文思之敏捷，其探索之深邃，其用情之激荡，其视野之宽广……

有道是：历经沧桑成宝器，饱读圣贤气自华。邹伟兄生于20世纪50年代，幼少家贫深感世态炎凉，知青岁月则苦乐交加、铭心刻骨，其后考入政法名校，铸魂树德、踌躇满志……工作以来亦是躬耕笃行于贵州省政府、省委政法委、省法制办、省高级人民法院等机关，长期供职于重要岗位并担任主要领导职务。如此丰富的人生经历，如用长河形容，那可谓是激流勇进有之，静水流深亦有之。所幸邹伟兄历来勤奋，多年笔耕不辍，否则我们的朋友圈岂不是缺少了很多传奇！邹伟兄从小受父亲影响，自幼喜爱文学，工作后虽长期从政，身居庙堂，却无官僚习性，甘淡泊，耐寂寞，守节操，始终以积极心处事，以平常心自守，心系人民，扎根生活，从政为文，德艺双馨，其诗其文，充满着浓浓的生活气息，洋溢着生命蓬勃的芳香。像《野草》“这些倔强的野草／不因被割而偃息／却为新生而疯狂／不轮回／不怕秋刀／这些勇敢的野草／失去了暮日繁华／会等来新春曙光”，又如《竹筏》“它在生的旋律里／离开了安乐的家／舍弃闲适和优雅／甩掉脚下的泥巴／扑进滚滚的激流／结成坚固的竹筏”。诗中强烈的现实感和浓郁的人文情怀，使人能深深感受到他的故土情深，让人回味悠长。

孟郊有诗云：“谁言寸草心，报得三春晖。”这本文集是作者即将付梓的第四部书籍，共收录散文28篇、诗歌100首。其中诗歌篇除《农场月夜畅想》与《竹筏》等4篇作于20世纪70年代，《断想》《真像我心中的你》《自由》等9篇作于20世纪80年代外，其余皆创作于21世纪尤其是2015年以后，题材覆盖日常随感、出游小记、时事所思等。散文篇收录的作品里，精练的文字记载着对自身成长历程的回顾，游历青山秀水间的记忆随想，日常生活中思考、品鉴人生的深刻感悟以及面对故人、挚友逝去时的沉痛哀思。可以说，这一路风景，惊涛拍岸也好，花开花落也罢，作者皆用心用情，点滴珍重。品阅散文《我的法院情结》，可看到邹伟兄几经去留之选，但始终无法割舍对法院和司法事业深情缱绻，充满铁肩担道义的使命感与宽宥仁慈的博大情怀，充满了人民法官公正、严谨、专业的独特人格魅力；《花溅流溪蜂伴舞　何必非得采蜜还——难忘的法制办岁月》大气磅礴、雄浑敦厚，从中得以一窥邹伟兄以践行依法治国理念为契机，带领省政府法制办筚路蓝缕启山林、殚精竭虑砥砺行，终获纲举目张、政声卓著之果；《大学毕业30年纪念册序言》对班中44位星宿以四壮五老六少九美二十青划分，对诸位同窗的描述形象生动，活泼有趣，令读者虽未见其人而已知众人之风采神韵。随后再读《大学印迹——我和我的班》，让人更能领略当年歌乐山下十班少年们那风华正茂的书生意气、彼此友爱的深情厚谊，令人仿佛置身那时那地，与那一群素朴少年嬉笑打骂，不由得唇边带笑；《风拂野鹿寄馨香》中的老陈哥，借着“基因里那份顽强的耕作细胞”，抛撒几千万金而不悔，立志让野鹿盖茶成为茶中茅台、地道奢侈品，其坚忍乐观、一往无前的人物形象，在邹伟兄笔下栩栩欲活，跃然纸上。但林林总总，最让我感到邹伟兄一片深情的，还是《追忆父亲说歉疚》，抒发了对已故父亲平生际遇的追叙和理解——在寒风凛冽的冬夜用一个旧脸盆一页一页烧掉宝贝《资治通鉴》那一幕，父亲在火光中那痛苦的表情已深深印刻在每一个读者心中！尤其最后那一句从其心的深处喷涌而出的感叹“这就是我忘不了的父亲，他叫邹德顺”，令人不禁动容落泪。最深刻的情感是不需要华丽的辞藻来装饰的，邹伟兄对父亲的思念是空山明月间的无言相顾，是山高水远后的一声轻唤，血脉情缘，何须赘言。

邹伟兄喜欢闲适宁静，更喜欢到大自然中汲取能量营养，寻找创作灵感。正如法国雕塑大师罗丹所说“生活中不是没有美，而是缺少发现美的眼睛”。在难得的轻松与惬意中，他将发现自然的美与对人生理想、美好未来的希望交汇在一起，融进自己的情感与笔端，一些诗看上去是兴之所至，随性而作，但细读慢品，则别有一番意境。《行吟青海湖》“明月挤进了客栈飘窗／明月辉映着梦幻星光／雁叫马嘶从莽古飞来／昆仑侠依旧纵马横枪／醒来便背起行囊／取一瓢弱水回眸无殇／再不为眼泪闭关／辞别你奔向诗和远方”，《海滩散步随笔》“一个人／沿着蜿蜒的海滩／目含水光／来回散步／潮汐自在地起伏／心无旁骛／向东走／紧拽长长的身影／往西去／慢踩盈盈夕阳路／潮涨潮落／水空心空／转眼霞散天地红／泪如珠”。从这些诗句中，能深深感觉到诗人脱离了功利追求，沉浸于宁静与自然之中，感受世事万物的变幻，构思精巧，视角独特，文笔凝练，意境深邃，充满着远离喧嚣尘世，回归质朴本真的人生况味。

邹伟兄是至情之人，也是至性之人，“一生爱好是天然”，在其因岁月流逝而告别工作岗位后，自由潇洒的性情更是展露无遗。与好友结伴而行，在秀水名山中寻幽探胜，登临绝顶一览众山小，那些游记随笔皆可谓清新脱俗、精妙绝伦的佳什篇章，将动人美景留存于文字的同时，也在尽情泼洒胸中豪情快意。《西域魅影新疆秋》文思泉涌，魅力四射，妙笔下的新疆风光何等雄伟壮丽，对于新疆自然景观、历史人文、经济建设、社会发展等诸多方面的讴歌，让人仿佛身临其境，兴味盎然，浮想联翩。因为我也写诗，感觉邹伟兄的横溢才华更显现于他诗歌挥洒的美妙之中。诗作《今生遇见你——为西政校友歌填词》字句生动，断句轻灵，亦诗亦歌，深刻展示了其真切的爱校情怀，正如朱自清先生所言“诗的源头是歌谣”！《写在离别前》《红枫湖之恋》让我们看到岁月流转40年，虽人海沉浮，岁月沧桑，但红枫湖当年那位“朗朗如日月入怀、皎皎如玉树临风”风流倜傥的少年郎，依旧冷暖淡定，宠辱弥常。《贺女儿生日》《为女儿婚礼感作》写尽了一位父亲对女儿的如山父爱——宛若一缕阳光，和煦地照耀着女儿前行的道路，也像夏日和风，温柔而沁人心脾！品读《不知哪方属于你——为家犬下下而作》，邹伟兄“已识乾坤大，犹怜爱犬失”之“心有猛虎，细嗅蔷薇”的情怀令人动容，他忙碌而远大的雄心并未失却温柔与谦和。越是细细吟哦，越深感邹伟兄旺盛的创作激情，每一首诗皆空灵而鲜活，充满真情实感，予人以启迪，这也正是他诗歌的动人魅力所在。“找遍布达拉宫 / 不见你的迹踪 / 神秘的灵塔 / 一样的喇嘛 / 为何讳言如风 / 有情无情，都源本心 / 不增不减，褪尽铅华 / 你是世间法爱，也是圣殿经钟 / 蹚过冰川云峰 / 不见你的行踪 / 奔腾的江水，静谧的草原 / 谁在自由吟诵 / 天上雪莲，帐里酥灯 / 月在吟哦，香绕娑婆……”《藏地感寄仓央嘉措活佛》遣词造句唯美如斯，笔墨生花，默念亦口舌生香！在佛的世界里，一切皆有因果，这世已注定，人间再无仓央嘉措，连同他的爱与憎、苦与乐！

丰子恺先生曾说：“吃酒是为吃味，为享乐，不是求其速醉。”我想，邹伟兄提笔行文应正如先生所言吃酒，才情奔涌之下既记录生活，亦直抒胸臆一展豪迈潇洒，而非求取俗世赞誉。观邹伟兄行文，诗歌热情奔放，又自带逍遥游般的气势；散文笔力挥洒自如，节奏张弛有度，结构精当合理。其典雅处，如左右修竹，赏雨茅屋，人淡如菊，书之岁华；其纤秾处，如采采流水，蓬蓬远春，乘之愈往，识之愈真；其自然处，如不取诸邻，俯拾即是，如逢花开，着手成春；其旷达处，如倒酒既尽，疏雨相过，杖藜行，高山峨峨；的确别有一番峥嵘意象和雄健古意，既是文章描绘的水墨境界，亦充分体现了一种在宥情怀，实可谓犹之惠风，荏苒在衣，总给人以一种“沉浸式”美感。一言以蔽之，邹伟兄的作品立意高远，既有清风明月，也有胸怀家国，更有真情实意，不愧为有高度艺术概括力和情绪感染力的好文字。

我认为，诗歌写作不仅仅只有抒情和审美，还应该记录这个时代的风云幻化，有这个时代的特征和烙印，哪怕它是一个细胞，一次呼唤，一声呐喊，一滴血，一颗泪……十年前，我曾在《文艺报》发表过一篇文艺理论文章——《关于中国新诗发展状态的思考》，其中就谈到新时期的诗歌作品应该遵循“三性”，即时代性、人民性、艺术性。作为一名党员领导干部，邹伟兄的诗“三性”鲜明，尤其是对时代对现实社会的聚焦和思考探索，更是其诗中的亮点。在当今浮躁功利的社会环境下，诗人对诗歌始终不离不弃，坚持用手中的笔吟生活之歌，抒时代之情，用心记录生活的点滴，用情谱写岁月的篇章，用肩扛起职责与担当，令人钦佩。如《闻邹碧华君突逝哀吟》“你淌落的汗水／会不会凝成珍珠／你耗尽的心血／会不会花样文章／你铺垫的阶梯／会不会扶摇而上／但愿你是／划破苍天的／那一脉曙光”！朴实的诗句，没有刻意的雕饰，没有虚伪的辞藻，更没有苍白无力的口号，家国情怀、使命担当在他的笔下成为真性情的自然流露，也正因如此，他的诗也具有了穿越时空的魅力……

唐代司空图曾云：“乘之愈往，识之愈真。如将不尽，与古为新。”邹伟兄在人生和文学的道路上始终胸怀一颗赤子之心，一边将人生的积累凝聚成永不凋谢的金蔷薇，一边不停地探索人生更多的可能。他赋闲后依旧热心做有益于国家、社会和人民的事，前不久刚出任贵州省见义勇为基金会理事长，助力贵州省的精神文明建设，让退而不休的生活充满激情与责任，令人心生敬意与感动。而他的这一部《浪卷如初》不正是他“乘之愈往，识之愈真”的最佳体现吗？愿读者诸君与我一同随其踏波逐浪，品味他心中的四季流转，百花绽放。

造化自然，匠心天成。机缘让我和邹伟兄相识相交相敬相重，在纷繁复杂的当今时代，像邹伟兄这样的官员和诗人实属凤毛麟角。但我坚信，诗如其人，文如其人，正如邹伟兄，心至善，情至诚，志必坚，无论世事如何变化，他的人生之路和艺术之途定会更加辉煌。最后借用邹伟兄的一句诗作为结束吧——

生活啊 / 在你波浪的飞沫里 / 穿驰过一只竹筏 / 秋风在对它微笑 / 卷起那朵朵浪花……

拉拉杂杂，话太长了，就此打住，当请方家朋友不吝斧正！

是为序。

郭新民

岁次庚子七月草于并州

国庆中秋改定于北京

（郭新民，号宁武关人，中国作家协会会员，中国作家书画院副院长，山西省文联副主席，当代诗书画家。）

目录

卷一 浪卷如初

卷二 春意盎然

卷三　夏山如碧

卷四 秋风乍起

卷五

冬无尽藏

卷一

浪卷如初

我的法院情结

2015年11月，贵州省高级人民法院召开处以上干部会议，宣布我转岗省政协工作，不再担任省法院领导职务。我在表态发言中说道："我对法院、法官有着特殊的情结，30多年里，我有三次机会都主动选择了法院，担任省法院副院长也已近八年，今天骤然离开这个岗位，心情的确格外复杂……"

大多数法律人，潜移默化中都会自觉不自觉地形成对法律的信仰，我自然不例外。但法律是静止的条款，徒法不足以自行，离开司法，法律是难以被信仰的，故在所有法律职业当中，法官无疑处于最高层级，这是世界现代法治文明史不争的事实。于是，当一个好法官就成为许多学法律人的梦想。

▼寒冬中巍峨伫立的贵州省高级人民法院

1983年，我在昆明读大学，由于我是班长，奉班主任之命，在分配全班同学的实习岗位时，我刻意把自己安排在五华区人民法院，那时就对法官有着神秘的向往。在基层民事法庭学习办案近半年，我在指导老师带领下直接或间接办了27个案件，骑着自行车走遍了昆明的大街小巷，虽然辛苦而琐碎，但很有成就感。记忆犹新的是一对高级知识分子夫妇寻死觅活的离婚案，让我看到了人性的复杂，但指导老师终于用理性和耐心促使他们和平友善分手，使我认识到法官在修补社会关系中的重大作用。

大学毕业后，我被分配到省委政法委一干16年，那时主要工作是打击犯罪维护社会安定，其间与法院虽一直有交道，但都是宏观抽象的事，心中一直没有放下成为一名法官去依法裁决纷争的念想。

2000年在省委政法委秘书长任上时，因干部交流有了一次选择的机会，犹豫再三放弃了其他任职机会，主动要求到省法院工作，于是担任了近3年副院长。那时主要分管刑事审判，尽管很少直接办案，但指导、主持讨论案件尤其是审批判决书充满了挑战，几乎每天都带着卷宗和文书回家加班。

记忆较深刻的有两件事：一件是自己亲自办理的一个毒品案，去提审被告人时他那恐惧的表情和一夜竟白头的痛苦，给我带来的震惊与纠结；另一件是指导审理的一起涉及两条人命的死刑上诉案，因证据不足果断发回重审引起的连锁反应……

2011年，在省政府秘书长岗位上干了两年的我，希望把余下的职业生涯奉献给司法事业——便主动请求调回省法院工作，担任常务副院长近五年。实话说这段经历我很骄傲，也很成功。此时正值贵州法院案件随经济社会跨越发展大幅上升与司法改革起步阶段，不仅是协助主要领

▼ 刑事宣判，惩恶扬善。

▼ 访美时与丹佛市官员交流

导处理日常工作和管理案件业务，其间近两年主持了全面工作。实事求是地说，能够积多年多岗位的领导能力工作经验有担当地推进贵州司法事业，我是幸运的、努力的，也是问心无愧的。我在法制出版社出版的40多万字的法律文集《行成于思》，大部分是法院工作岗位上的研究、体会、经验与思考，用心程度，篇篇可鉴！作为司法改革始作俑者，环保案件集中审判体制创新推动人，全省法院大调研机制和格局设计者，全面提升死刑复核质量的主导人，依法平反冤错案的无畏法官……

贵州法院很多经验在全国都是可以叫响的！然而我最自豪的却是主持了四年的审判委员会会议，这可是法院的最高审判组织，那才是对一个法官领导水平的真正考验。本人的一首诗《主持审委会有感》生动诠释了其中的艰辛与自豪：

茶淡口干神犹健，生杀予夺人性煎。
民事纠纷是非隐，茧里抽丝信为先。
依法束权何踯躅，投鼠忌器来复掂。
殚精竭虑守公正，长歌不息慰华年。

如今退出法院领导岗位快三年了，回忆自己的法官生涯，坦率说，最大的遗憾是40多岁才调入法院当领导，没有扎扎实实经历过从书记员到助审员到法官的历程——如没做过或只在办理的个别案件中做过审理记录和案件笔录等，故而那时批案定案是有些心虚的，只有尽力从宏观上把握好审理方向。今后司法改革中，这恐怕是一个值得关注的问题。

我在思考：法官生涯带给了我什么？至少有这么三点吧。一是秉持公正的强烈责任感。法官自古以来不管作为神权还是君权乃至民权代表，都是神圣的职责，头顶国徽身穿法袍手持法槌的庄严始终约束着自己的内心。二是不轻信传言说教，也不会先入为主地判断人和事。法官的职业性质决定了其只有在事实证据足够的基础上才认定是非，我由此成为一个在生活中兼听并蓄的人。三是能够拥有宽宥仁慈的情怀。法官惩恶扬善、定纷止争都是从理性的立场去修复关系、重构秩序，久而久之，我也就变得越来越从善平和了。

……

2018年6月14日于贵阳

花溅流溪蜂伴舞　何必非得采蜜还

——难忘的法制办岁月

随着机构改革挺进的号角，各级政府法制办职能终于并入司法行政部门，法制办的称呼从此消失了。其实翻过年我就离开法制办十年了，但心里还是有一种淡淡的怀念与牵挂……

清楚地记得2003年春暖花开时，我正在省高院副院长岗位上埋头苦干，不期被突然提拔去担任省政府法制办主任。奇怪的是省委领导召见前，分管领导竟提前给我打招呼："你是提拔的哟，领导谈话时你不要说不愿意哈……"我甚为骇异，后来才知道，在有些人眼里，这两个职务分量是不一样的；以至于很长时间在非正式场合，好心的朋友向他人介绍我时，总是拿"××主任原来是××院副院长"作为开场白。

的确，我到任时法制办还属省政府办公厅内设机构，几年前才是一个处，后来升格为副厅级。时任省长从国务院来，当时省里为加强依法行政，决心把法制办升格为省政府直属办事机构，我作为有法律专业背景的年轻领导干部，幸运被选拔承担这个重担。当时全机关不过二十来人，次年才伴随着贯彻《行政许可法》的高潮从办公厅独立出来。

法制办的成长和地位逐渐凸显，是一个筚路蓝缕的奋斗过程，而贯彻《行政许可法》无疑是第一战役：记得我们派了四个处长去北京学习，回来后要求每个人写稿，编成讲义组织全省行政机关培训；然后牵头开展行政审批事项和相关文件清理，由于是在削减部门权利，成天“吵架”，弄得口干舌燥，而加班加点、夜以继日、筋疲力尽在所难免；最令人痛心的，是温婉精干的谭晓玲副主任竟累病交加、长眠在浩如烟海的文件堆中！第二战役应该是2004年国务院颁布“全面推进依法行政实施纲要”，提出了建设法治政府十年目标，令人景仰的国务院法制办老主任曹康泰，用他无可比拟的锐气和担当精神鼓舞着我们，加之省政府主要领导高度重视，贵州政府法制工作应时而动，全面发力，依法行政水平迅速迈上了新台阶，很多方面后来居上，走在了全国前列——立法和行政执法监督工作亮点频仍（如探索政府委托立法、清理公布行政执法清单、建立行政执法制度监督体系等），率先在全国省级政府建立法律顾问室，较早设立规范性文件备案审查机构、启动政府文件前置合法性审查，积极探索行政复议制度改革、带头在省政府成立实体性的行政复议委员会及办公室。狠抓基层政府依法行政可谓第三战役，全省不仅市县政府法制机构建设得到明显加强，并且纷纷把触角伸到了乡镇；我领衔的调研课题“贵州省地方政府依法行政动力研究”，获得了省哲学社会科学优秀调研成果一等奖，贵州也涌现了一批在全国叫得响当当的先进。

列举这些，是不是有点抽象，举两个实例吧。白酒本是贵州传统优势产业，但仅有茅台酒一枝独秀，整个白酒量小质弱，贡献率低，比起四川、山西等其他产酒大省来远为逊色，省委省政府十分着急。2007年我办奉命起草规范促进白酒生产销售的政府规章，于是组织精兵强将赴各地调研，仅仁怀市和茅台镇一年内就去了五次，经过艰难协调和大量论证，很快拿出了文稿，并在省政府常务会议上一次通过了《贵州省白酒生产销售管理规定》，省长高度评价了这个法规，说法制办就要多干这种推动全省经济发展的大事。后来，这个规章的确对治理我省白酒生产乱象，以销售引领产能规模，优化品牌质量，提高核心竞争力起到了重大作用，为贵州白酒的迅速崛起做出了贡献！再一个例子：很长一段时间由于市场上血液制品的巨大需求，利益驱动使不少商家盯上了尚处于深度贫困的贵州农村，一些地方受商人蛊惑到处建单采血浆站，通过反复卖血浆向企业提供生产原料获利，导致很多村民以献血为名卖血现象突出，带来了越卖越贫困、越变越懒惰，甚至疾病流行等一系列社会问题，巨大的利益驱动导致省里清理整顿十分困难。这时，法制办积极主动发挥法律顾问作用，克服阻力压力，在省政府领导下果断发文撤销个别地方和部门的不当行政行为，并及时启动行政复议和执法监督程序，纠正了一些企业和单位的违法行为，最终还了贵州广袤农村一片洁净和生机。

反思过往，主政省政府法制办工作的六年多，恐怕是我个人事业最值得怀念的时期，其间一是省主要领导三次进行任职谈话，2003年5月任法制办主任、2004年10月任法制办党组书记、2006年2月任行政复议办主任；二是法制办各项工作不仅得到省委省政府充分肯定，而且在国内颇有名气，我亦因此升任了省政府秘书长；三是法制办的地位与影响力大幅提高，有人戏谑地说我“把冷板凳坐热了”。

不过坦率而言，之所以留念这个岗位，根本原因是它给了我前所未有的成就感和自信。毕竟是第一次担任部门正职，能够真正参与谋全省发展大局，能够充分发挥主观能动性和创造性，能够尽情展现个人存在感和价值感。尤其是肩负着推动法治政府建设的重任，深知有作为才有位置，因而便十二分地忘我和努力，至今想起来都不胜唏嘘！四十来人的机关团结奋斗，心无旁骛，找得准位置，上得了战场。我对同志们

▼长顺县大关村艰苦奋斗精神激励着进取中的法制办

▼法制宣传时街头接受采访

说："作为省政府的办事部门，法制办不同于其他法律部门，对上级交办的事，只能回答怎么办，不能说不行！"大家的确也是这么做的，所以赢得了上级的信任和部门的尊重，也培养了不少优秀干部。到此可以毫无愧色地说，法制办很适合培养综合素质全面的领导干部，一方面门槛较高使得学历层次和法律素养有保障，另一方面其工作性质决定了必须既熟悉政府运作，又有相应的法律政策水平和行政经济管理知识，且经过严谨的文字文书训练。担任几年法制办领导后，我个人也自信满满，觉得似乎没有什么岗位和任务不能承担。

更欣慰的是，其间正值年富力强，本人也是轻松愉快的。工作上抓大放小，管理有序，各负其责，用人不疑，整个机关风清气正，生动和谐，张弛有度，战之能胜。上有高层可仰仗，中有同僚之辅助，下有精兵共发力，得心应手，夫复何求？戎马倥偬，岁月如歌，每天都过得很充实：不时能在省政府常务会议和办公会议上直抒胸臆，展露才华，由此得到了省领导的肯定与信任；经常组织机关开展文体娱乐活动，劳逸结合，其乐融融，干部群众感到身心愉悦；抽空参加国内外行政法学研讨会，学用相促，知行合一，自身素质得到不断提高；若干年后，在我公开出版的法律论文集《行成于思》和散文集《海外行记》里，收录的大部分文章均创作于那个充满激情的年代。

离开法制办已近十载，痴情的我始终不渝地关注着她的成长变化，很高兴后任们能够不断砥砺前行，续写辉煌。倒是政府法制机构的存废问题一直颇有争议，如今随着改革的深入，虽说是重建司法部门，法制办还是成了历史，不免有些伤感；但我注意到新任司法部部长在表述本部门职能定位时，说的是“行政立法，行政执法，刑事执行，公共法律服务”，前两项都是政府法制主业，不禁为曾经以“小牛拉大车”之勇气和精神勇挑重担感到骄傲与自豪，内心深处也多少得到了安慰。

花溅流溪蜂伴舞，何必非得采蜜还——人生啊，就是一次旅行，只要能做到不贪程、不蹉跎，又有什么遗憾呢？仅以此纪念渐行渐远的政府法制办。

2018年12月6日于北京

岭上风光更动容

2011年春暖花开的人间四月，我顺应自然，回到了曾经工作过的省高院，虽然这个省内最高司法机关还没搬离延安路拥挤的老地方，但大路旁的法国梧桐已逐渐浓郁，高楼夹道中的杜英树用情点缀着斑斑红叶，煞是亲切！规模不大但热情温馨的欢迎会上，我简短表达了回归省法院的愿望和对司法事业的挚爱，既无惊异也没有豪言壮语。

挂剑赋华年，一任绽芳夺味。其实那阵，我仍在品味着调离省政府办公厅大会上，主持会议领导传达的重要信息，即省里对我所做工作是满意的，也充分理解我要求回归司法领域的请求才慎重作出的调整。至于到会领导的热切希望鼓励，以及其他人诸多场合的关心支持，已被这几句浓缩的表态囊括了！毕竟我在贵州创新思维、大刀阔斧、科学奠定高速发展基础的特殊年代，进入高层并参与服务了能够彪炳史册的宏伟工程。

回想起来，2008年冬春之际，国内百年不遇的南方大面积凝冻确实令人胆寒，处于重灾区的贵州公路冰封千里、高压网万杆倒塌、诸多城市断水停电、广袤农村一片狼藉，黔岭在苦苦煎熬中奋力抗争。已担任了多年政府法制办主任的我，正全身心率领机关投入抗凝冻之战，十分忙碌而紧张。三月中旬某日，突然迎来考察组，拟选拔我担任省政府秘书长，一时有些忐忑。考察虽很顺利，但由于正在肆虐的凝冻灾害愈演愈烈，导致省人大常委会在紧急状态下延迟召开。

清风白云，临之已非！不过等到次年万木逢春时，组织上还是安排我到位了。在党内职务宣布后，我迅疾去向领导报到，意外获得了几句善意提醒，说你一个搞法律的难道不懂法定程序？人大常委会还没通过勒。待几天后领到人大常委会任命书去谈话时，惴惴不安中领导简洁明了的叮嘱要求，顿时打消了一切担心和顾虑。他说，全省经济社会发展大局是当前首要大事，我们都责无旁贷，作为省政府秘书长，当前你要干好三件事：第一要依法依规搞好上访接待，保障省政府正常工作秩序；二是要把好文字关，省政府文件不能出现任何违法违规之处；三是要高效管理办公厅并统筹协调方方面面，服务好后发赶超工作大局。茅塞顿开的我，首先迅速组织修订完善省政府信访接待与应急处置相关规定，随后抓紧开会贯彻并采取一切跟进措施，包括召集相关部门机构落实具体职责；其次督促建立了规范性文件前置合法性审查机制，凡是以省政府名义起草制定的法规（草案）规章及规范性文件，都必须先送法制办进行前置审查，同时要求办公厅各处室严格把关，且文稿过手时始

终坚持逐行逐句审查；三是在办公厅实施目标化规范化人性化管理，充分调动大家的能力和积极性，提倡以严谨周到热情精神搞好与各厅局对接服务，实现省委省政府重大决策真正开花结果。

至今回想起来，经过努力做好了这三件事。关于看信访接待，不仅认真对待人民群众的诉求，也注重依法维护工作秩序，既帮助来访群众解决了合理的诉求，还及时果断处置了几起聚集性上访事件，有时甚至亲自到现场指挥调度，组织工作人员先耐心政策宣传宣讲工作，然后采取必要措施维护秩序，成功化解了即将发生的冲突，从此大院工作秩序井然，不再发生封门堵路事件。说到文字把关，其中甘苦虽难以表述，但坚持就有成效，在任期间所办文件至今没有发现一处违法违规与不妥条款，并且还催生了不少精品杰作。第三件虽然有些难以定性量化，但相信功过是非自有评说，至少那时全厅上下能够团结合作，锐意进取，愉快工作，保质保量完成一切能够推动影响全局发展稳定的重大任务，为我省的健康顺利快速崛起作出了应有贡献。

正如古人在《菜根谭》中所言：“曲意而使人喜，不若直躬而使人忌；不善而致人誉，不若无恶而致人毁。”在省政府任职两年，时间虽不长，但论自身价值或已风光无限，概括起来包括：努力学习如何统筹全省在夯实基础上推动可持续发展战略思维，勇于参与并服务宏观决策与重点突破策略，振奋精神不遗余力投身后发赶超大业，举重若轻引导协调各地各部门围绕中心创造性开展工作，有效调动相关部门和厅机关

领导积极主动耕耘，充分发挥法律与商务特长以及长期从事政法与政府法制工作经验履行职责，在省主要领导更替中尽心尽力主持推动各种磨合、为加速发展作出必要贡献等。于是，不仅“两高”工程大型桥梁隧道留下身影和汗水，而且为争项目争更多支持不遗余力；不仅翻山越岭调研石漠化治理，而且深入农村指导扶贫低保义务教育；不仅及时赶赴滑坡现场参与指挥抢救，而且踏遍特大旱灾之地研究解决水利规划；不仅多次参加“高校城”选址，而且钻入地下体验煤矿生产艰难；不仅投身工业化城镇化大业，而且对生态环境和贵安新区开发建设也献计出力。此外还重视选拔优秀干部，坚持善良公正待人，营造生动活泼氛围，通过举办草地冷餐、新春联欢、运动健身等活动激励全厅振奋有为，欣欣向荣；总体上是得心应手、任劳任怨、尽心竭力、不虚此行！至于那些难以言说的艰难与苦恼，事情过了也就丢掉了，比如肩头担子总是格外沉重，有时因思想和工作压力身心疲惫，偶尔得承受一些令人委屈的责怪与非难等等……

2011年春节前夕，省领导接受央视记者采访时，问从发达地区来到贵州，觉得要经过多长时间整饬，省里相关单位和干部才能适应更高更快发展要求时，领导略微思索后笑答，“就拿省政府办公厅来说，也需要半年”。当时在旁的我难免内心欣喜，不容易的半年刚过，已带头跟上了不断加速的节奏，于是想起就任秘书长时的心情——“知我者谓我心忧，不知我者谓我何求”，遂决心就驴下坡，回去拥抱最钟情的司法公正事业。

曾经写过一首小诗，其中有言“薰风摇竹伏日静，半呆半禅心无魔”，人生最风光之时，恐怕也是最为难之境，但只要遵循“风斜雨急处，要立得脚定；花浓柳艳处，要着得眼高；路危径险处，要回得头早”，就不会有些许遗憾，如今眼里只有四季，心中已无纠缠，回忆无非是不悔当初罢了。

2020年8月15日

泪水托起她远行

参加晓玲的遗体告别仪式，好似接受一次心灵的洗礼，这一天，泪水托起她远行天国。但在我的心目中，她依然栩栩如生。

前些天机关全体党员过了一次特殊的组织生活，同志们一起悼念她、缅怀她，她点点滴滴的事迹让每一个人感动。追忆的闸门倏地打开，往事历历在目。

30多年前，我在贵阳八中上高中时就听到了“谭晓玲”的名字。后来才知道这个隔壁班的才女，少年丧父，是个烈士的后代。由于家境贫寒，从湖北来到贵阳投靠亲友。高中毕业到阳关农场当过知青，恢复高考后考进了重庆西南政法学院。作为校友，我知道她是意气风发的学生干部，是成绩突出的优秀生，还是中国共产党党员。

1985年她成为省委讲师团最年轻的副处长。尽管前程似锦，然而作为一个法律人，她却丢不下自己的理想和专业，于1996年调到了省政府法制办，一干就是十年。往事清晰如昨天，还记得2004年那山花烂漫的春季，《行政许可法》即将施行。按照规定，必须在7月1日前将地方性法规、规章中应取消的行政许可和确定保留的行政许可的办理程序、条件、期限全部通过立法程序并修订。这是一项工作量大、任务急、时间紧的工作，要涉及上百件地方性法规、规章，文件堆积如山；且事关50余个省政府职能部门，协调、审查、衔接工作异常繁重。作为分管领导，她毫不犹豫地挑起了这副担子。我们曾无数次在一起工作，她是如此认真、如此热情——很随便地把一碗馄饨当作晚餐，随即投入工作；连续几十天带着同志们加班到深夜；数千页的文稿，随处可见她娟秀的字迹……

最后，仅用两周完成了26件地方性法规草案的修改，不到20天完成了32件省政府规章草案的修改。要知道在一般情况下，审查一件地方性法规、规章草案怎么都要花上3到5个月的时间。这项工作受到了省人大、省政府领导的称赞。

她长期负责和分管行政立法与行政复议工作，这些工作专业性强，涉及面广，情况复杂，协调难度大，很多是经济和社会管理的热点、难点、焦点问题。但她从不畏惧困难，坚持做到不唯上、不唯人，只唯法。对待行政复议案件，她经常亲自接待当事人，耐心聆听别人的诉求；如果行政机关的具体行政行为违法，她决不妥协和苟且。可以这样说，她是一个真正崇尚法律的人，她始终坚守法律的信仰和理念。

她对每一项任务都呕心沥血，精益求精，她总是虚心听取方方面面的意见，反复研究、修改每一个文件。《贵州省外来投资者投诉处理规定》《贵州省风景名胜区内项目特许经营管理暂行办法》《贵州省人才市场管理条例》……无不凝聚着她的辛勤和智慧。十年来，她每天上午8时之前就到办公室，还经常利用中午加班签批文件，待夜幕降临，常常又带着送审的行政复议法律文书回家。她是不追求物质享受，重视精神生活的人。跟她出差的同志告诉我，她下基层从不讲排场，不追求待遇，经常退掉专门为她安排的单间，与下属共住一室；与她同办公室多年的同志告诉我，她省吃俭用，几乎每天中午都吃着价格便宜的盒饭，却非常热心帮助别人，单位里一些年轻人和其他得到过她帮助的人，哪里知道她竟比自己还困难。

▼勇于绽放，简单也是永恒。

但是，她从不自卑，从不贪占公家和他人一点便宜，坦然地生活、工作、交际，乐观豁达，乐意助人，不出风头，不慕虚荣。她的爱好除了养猫、养鱼、读书写文章之外，便是陪丈夫散步，与女儿聊天，心满意足，安之若素。她穿着朴素，却真心赞扬衣着美丽的女同事；她囊中羞涩，却从容谢绝资助参加各种同学聚会。她说自己退休后的理想，是与丈夫到农村做乡村教师，既能享受心境的安宁，又能帮助贫苦的孩子。

一个人对待死亡的态度是人生的最后一次考验，娴静体弱的她自知身患绝症，依然坚强从容。

她早已自觉身体不适，但一生精细的她，居然因忙于工作未引起注意，几个月未能抽出时间去医院，还说马上就要体检了，到时再做系统检查。待今年7月中旬，体检中才发现已患癌症。就在这种情况下，7月20日上午，她仍镇定自若地参加省政府常务会，做完了《贵州省渔业条例》的起草说明。

临上北京治疗前，她还不忘自己的职责，处理完手中所有文件后，方从容赴京。

她以超凡的毅力和勇气与病魔做斗争的情景是多么让人感动——三个多月躺在病床上，两次大手术，因失血而输血近万毫升，生命的最后十几天由于癌细胞全面转移引起咳嗽无法躺下和入睡……但她从来没有放弃，从来没有在来探望的人面前流露出一点悲伤，有过一丝埋怨，掉过一滴泪水。她总是忍受着剧痛，微笑面对每一个人，还断断续续地告诉别人晚上要注意安全，最近医院附近发生了抢劫事件；当别人提醒她要多喝水时，她说喝多了容易小便，很麻烦陪护的人；甚至，她在从北京大手术回来后，唯一能够下地的几天，还瞒着我去参加了《贵州省城市公共客运交通特许经营管理条例》培训会。我曾经以为她是痛麻木了，不知死之将至，后来才知道她早已给家人交代了后事，并且要求丧事一定要从简，千万不要麻烦组织和他人。

一个人做点好事并不难，难的是一辈子做好事。她生命的最后一息，也一心想着工作和他人，唯独没有自己。她让人看到了人性至真至纯至美的亮点。花的美丽，不在于花期，而在于它的绽放。她辉煌而去，生命短暂却灿烂。

本文2005年12月16日刊载于金黔在线—《贵州日报》

缘说深圳寄情思

——庆祝改革开放40周年

跨年不久，席卷华夏大地的寒流正从南到北退去，此时离开仍在凝冻中的黔贵高原，飞抵温暖如春的深圳，心情格外放松和愉悦。

从20世纪80年代中叶迄今，都记不清来过深圳多少次了（没来的年份应该是少数），记忆中每次踏上这块神奇的土地都会心潮起伏，莫名激动。细想下来，恐怕有两方面的原因。一者这里是改革开放的最前沿，深圳速度、深圳变化一直在震惊着整个世界，而眼下的深圳经济已经成功转型，在总体经济形势严峻的情况下仍然高速发展，成为低投入、低能耗、高产出、高效益的经济体系，再次引领着全国经济转型，甚至在文化教育、管理体制，包括思想观念与道德标准等方面都一马

当先，卓有建树，无不让国人，尤其是敏锐的社会精英所关注；二是自己与这座城市有难解的缘分，28年前，年富力强的我也曾卷入南下闯荡的洪流，那时非常渴望能到火热的改革开放第一线干事创业，夫人先在深圳一家外贸企业找到了工作，我却因突如其来的政策限制（深圳市突然出台文件限制从西部省份调人），档案在深圳市检察院苦等一年后竟被退了回来，于是不得不沉下心来安分守己地投身后发赶超的兴黔大业。

飞机缓慢地降落在宝安国际机场，乘着接站的车驰向市区，看到既熟悉又陌生的城市景物，顿时浮想联翩……

——第一次邂逅深圳是1986年11月末，跟随省领导前来取经的我异常兴奋，看到什么都是新鲜的。工作之余，到沙头角中英街买了一大堆香皂袜子之类的小商品，对界碑那边的繁华街区，真是羡慕嫉妒又自恨孤陋寡闻；有幸陪同领导去观赏第四届全国大力士杯健美赛，那可是中国女性第一次穿着三点式秀肌肉，具有划时代意义，但看到一半时领导突然有事只得打车回来，那时的深圳体育馆好偏僻呀，站在空旷的马路上半天打不到车的印象非常深刻。

——小平同志南方谈话，掀起了改革开放的新浪潮，深圳也步入了发展的快车道。我却已疲惫地连续N次来到深圳跑工作调动的事，难以忘记从广州坐着拥挤的大巴半夜颠簸到深南大道上，等待朋友来接的孤独感；难以忘记与夫人一起东颠西簸，到处借宿而遭遇冷漠的狼狈相；难以忘记初得商调函时的万分激动，与努力争取了一年多最终调动不成的伤心难过！特别令人揶揄的是1992年深秋竟又再次陪同领导前来考察，在隆重的欢迎宴会上失落感自卑感负气感交织在一起，心情很复杂，从此决

心扎根贵州不再折腾。

——2003年岭南温暖的初冬，刚出任法制办主任时即前往深圳取经，回来后把政府法律顾问工作搞得风生水起；2008年盛夏，到台湾参加完海峡两岸行政法学研讨会，返途时，惊喜地看到香港回归后的深圳那样生机勃勃，拥有了大城市的派头；2014年春末，踩着党的十八届四中全会的号角，又带队到福田法院学习改革经验，从此拉开了贵州司法改革的序幕；2016年金秋，应同窗相邀再次在鹏城聚会，回首江湖湍急，心依旧云在水里，平静快乐地度过了耳顺华诞……

深圳的发展是神奇的，一个小渔村，经过40年的奋斗而迅速崛起，现在不仅与北上广并列，且经济实力已超香港，跻身世界特大城市前列。研究深圳现象的文章浩如烟海，其经济实力、发展潜力、创新能力等均已享誉全球，毋庸讳言，我只想摘几片碎叶讲点感受。一是十几年前的深圳，经济因地缘优势搞招商引资、“三来一补”而飞速发展，却有点像暴发户，金钱至上、崇洋媚外、财富简单累积、吃政策饭突出，如今转型非常成功，“深圳制造”“深圳品牌”比比皆是，金融文化教育生态环境等软实力大增，尤其制度创新引领着全国的改革开放，令人耳目一新；二是早年的深圳，城市化快速发展中面临很多问题，高楼林立、人口膨胀、贫富悬殊、交通资源环境跟不上等城市病考验着年轻的移民城市，如今看到的鹏城，高雅大方、健康富足、环境优美、韵味十足，既有一流海滨城市的热烈活跃，也有经典山城的浪漫清秀；三是认识的一些90年代闯深圳的人，原来普遍工作紧张，生活窘迫，压力山大，有的甚至精神空虚，性情浮躁，导致家庭关系紧张，如今很多都已凤凰涅槃，华丽转型，成为沉稳自信、身心健康的成功人士，在事业上能够拼搏进取，建功立业，报效国家和社会，在生活中则注重修身养性，健身读书，相携教子，其乐融融。

是啊！以深圳的气质、境界和格局，一定会吸引和造就更多的人才，一定会成长为一座伟大的城市，一定会长久傲立世界东方。

端着一杯咖啡站在酒店高层落地窗前，眺望着星罗棋布的楼宇和鳞次栉比的街道，欣赏着眼底花园的旖旎景色——这种感觉好像到哪座城市都有啊，怎么此时这么强烈？突然明白了一个道理：不管哪个地方或城市，如果能让你牵肠挂肚，必定有某种缘分，即这里有着你惦记着的人与惦记着你的人！说起来缘分这东西很奇怪，虽然没有成为一名深圳人，但这里和北京一样，竟会居住着那么多我从中学以来最要好的同学朋友，仅大学同班同学就有六七个，远远超过国内其他大中城市；故几乎每年都要过来打打卯，而每次都得到同学朋友的盛情款待，让人备感温暖！三杯两盏下肚，不由得侃侃而谈，尽情抒发着人生醉美的情怀；由此又格外地喜欢这里，看到一山一水、一花一草都十分动人，碰到每个擦肩而过的人都觉得亲切，空气中弥漫着簕杜鹃火热的飘香，仿佛代表了我最美丽真诚的祝福——愿深圳越来越好，越来越美丽，愿深圳人越来越幸福，不负当年用心画了一个圈的小平同志。

2019年1月10日 于深圳

忆集体婚礼兼纪念珍珠婚

1988年2月6日——30年前的今天，贵阳老城区著名的政法大楼内，省高级人民法院新建好的法庭里正在举行着集体婚礼。春寒料峭的延安路街面冷冷清清，拔地几十米的高坎上大楼却彩灯闪烁，一阵阵曲调业余但仍不失欢快的弦琴鼓乐缓缓传出……

笔者作为当事人深知此次婚礼活动意义重大，省委常委、政法委书记亲自主婚，省法院院长和司法厅长直接证婚，六对以西南政法学院毕业生为主体的法律人响应组织号召，带头移风易俗。省高院慷慨提供新落成尚未开庭审过案子的中法庭作为婚礼举办场地，笔者内兄专门带来了其从业的市一医组建的初级乐队，夫人单位省外贸开发公司甚至开着大巴全单位人都赶来参加，而政法大楼内省法检司的很多年轻人欢呼雀跃地充当着志愿者蜂拥捧场服务，营造了十分温馨热烈而令人难忘的气氛。不过平心而论，我之所以被动员匆忙参加，主要是作为领导机关干部的影响力能够拓展活动的导向意义，除此之外那时经济条件差和怕办酒席麻烦，促使已年逾三十的我和未婚妻在最后一刻决定参加集体婚礼。

如今对婚礼整个过程的记忆已不是很清晰，只记得主婚人证婚人相继发表高屋建瓴的讲话和热烈真诚的祝词后有一些简单娱乐节目，最后是那时最为时尚的交谊舞。当大家在舒缓的音乐节奏里翩翩起舞时，我们早已沉浸在新婚的憧憬中，眼里除了对新娘或新郎的爱慕与期待外别无所想。但于我而言记忆尤为深刻的是有个抽题问答环节，我年轻貌美的新娘当时抽到的题目是：“你认为你和他的婚姻意味着什么？”正当大家还在内心猜测她会怎么回答时她已脱口而应：“竞争！”不知道在

▼新婚只是起步

▼ 青春无悔，靠『竞争』勇往直前。

场的人怎么看，我倒是内心立即就震惊而惶恐了——以后的婚姻岁月中这句“竞争”已伴随了我们30年，我学法律的夫人在外贸企业奋斗近20年升任到省级公司老总后，又被组织安排进入行政机关工作，如今已是十余年的厅级领导了。但细想起来，这绝不是竞争的全部含义，她的努力与善于学习、勇于挑战和坚忍自信，以及从不苟且、追求完美的责任心，配之以天资聪颖、洁身自好的本性，使得她在任何方面——不管是事业家庭还是个人修为——都做得非常优秀，真正成为我在国事家事上不懈奋斗的压力和动力。我想，我们的夫妻生活是充实而有意义的，这些，都是拜她在孜孜不倦地与我“竞争”。

其实，婚礼不过是双方的一种承诺，核心是夫妻都要守信用，信用的前提是真挚的感情，和婚礼仪式感没有必然关系。婚礼隆重一点也许对那些好面子怕舆论的人有些束缚，但如果真没感情了去强行维系反而是不道德的。这些方面情感专家和哲人们已有很多精辟论述，自无须赘言，我只是认为既然结合了就要倍加珍惜，小心呵护，着力培育巩固婚姻基础。如今的年轻人已开始重视三观一致（尽管有人对此三观有新的解释）了，三观的统一在婚姻生活中固然十分重要，而我以为在善意的“竞争”中互相支持鼓励帮助，共同的事业必然会促进三观统一并酿造出格外深厚的情谊，这应是夫妻长久相处的根本。

风雨30年，青春无悔，奋斗无悔，时代无悔！法庭是神圣庄严的，我们参加集体婚礼的六对夫妻大部分都迎来了珍珠婚，在这个值得纪念的特殊日子里，那些常常萦绕于脑海的一幕一幕总是让人难以自禁。故以此记奉送给我的夫人以及所有认可这段美好的同学、同事、朋友、亲人。

2018年2月6日于龙栖湾

悼法界传奇人间豪杰邱兴隆

岳湘人仗义，神鬼畏邱仙。

无意引佛缘，大悲有风牵。

不想去岁春日与兴隆再登衡山竟成绝面。该座号称能贻人长寿之南岳如今仍留给我清晰地回忆：是时路访广济寺与宗显大师煮茶话清凉，闻该得道高僧少投佛门，历经艰辛，德学兼修，十多年化缘建广济寺，及再听之叙愿——仅其每年中秋专程探望周遭90岁以上老人之恒定善行，让人感佩不已！是时吾曾戏言兴隆，尔生逢盛世，却一生坎坷，今终有所成，然救难济世之心尤烈，岂非有缘佛道否？君言甚骇，非佛非道，山人本性也！故有篇首之句相赠。

言及此处，邱君事律法之侠肝义胆宛在眼前：吁死刑之存废而独擎微炬，挞囹圄之寡恩而奋笔疾书，谋程序之正当而殚精竭虑，捍人权之尊严而奔走不息，剥聂案之迷离而不拾蝇利。虽为同校学子，其名也盛，吾与之初晤却只于16年前贵阳花溪某刑事研讨会上，是时获其签赠该君狱中日记形成的极具现实主义价值的著述《黑昼》《黑日》《黑道》，翻阅之下，不胜唏嘘！尔后偶有谋面，未及深谈。近些年因学友穿插等无端缘由渐有走动，故知之略多。

邱君长发披肩，颇有艺范；虽黑瘦而目光炯炯，仙风道骨；且精力充沛，才情铺露；但诚挚深刻、张扬有度。观其治学事法——聪颖睿智、勤勉精进，持衡守道、坚忍决绝；察其为人处世——孝敬仁爱、肝胆相照，激情四射、落拓不羁；思其性情举止——胸怀磊落、爱憎分明，是非曲直、锱铢必较；体其人生际遇——砥砺磨难、天纵鬼才，恣意独行、灿若流星。人言邱君天马行空、不拘常理，或言其任性妄为、几近疯癫，亦有谓之“喜怒哀乐想发即发何惧人言，酒色财气当有则有绝非痴嗔”，我却言邱君有佛家心肠儒家情怀道家风骨法家精神，性傲三湘、形胜魏晋，功盖法域，名重天下！

痛哉兴隆，遽尔辞世，竟不与言。嗣闻尔年初发病，已入膏肓，然嘱家人勿外泄，隐忍自扛，且仍奔波于杏坛辩台，直至灯尽油枯。其间吾与汝时有微信交流，汝还在为法治呼喊，还在助朋友子女求学，还在应吾之邀谈诗论文！九寨沟地震，8月10日吾作诗祷悼并传尔推敲，因内有渡尽劫波之句，尔复“希望都能渡尽劫波”，殊不知已成绝语，言下之意斯时茫然，今回想之下，竟未悟君涅槃之意、慈悲之情，故哀深而难达亲哀，痛彻而唯自痛矣。

呜呼！想及去秋君筹办之“岳麓刑事法论坛”轰轰烈烈，尤其为尊师高铭瑄教授九十寿辰所写之歌《远航》音犹绕梁，君却自己远航了，岂不痛哉！沉痛之际，耳畔总是萦回“将军一去，大树飘零”之慨叹与无奈，以及“生不愿封万户侯，但愿一识韩荆州”之欣慰与怀想……

秋风萧瑟，岳麓呜咽，邱仙入地，醒龙归天。“渐行渐远渐无书，水阔鱼沉何处问？”君已达圣境，然留下之旷达生死观——“死，不必植墓草，骨灰自会沃青蒿；活，不必做祈祷，生命何须畏煎熬”，那么振聋发聩，必将激励吾辈更加珍视生命，珍惜当下！安息吧，兴隆兄弟，天地与你同在。

2017年9月26日于贵阳

追忆父亲说歉疚

父亲离开这个世界已经15年了，由于他的忌日正好在清明过后半个月，故我们都是逢忌日去扫墓。过去忙碌，总是匆匆献花敬酒磕头而别，如今退休有闲，伫立墓前便浮想联翩，心有戚戚……

父亲是我的根，我的基因血脉来源，以前我有嫌他不够长进之心，后来发现这都是命，便在诗中自嘲——“当悔恃才嫌庙矮，梦回殊命同饮冰”。虽然父亲总是沉默寡言，但零零星星也给我讲过他的很多经历，再结合断断续续的了解，加之积累的人生感悟，我心目中的父亲便越来越立体清晰了。

父亲出身于江西省宜黄县城南大街，从家谱里看到，邹家在这个地方已经居住了几十代，祖上很显赫，但从我爷爷的爷爷开始就没有了任何官衔，原因大概是世道混乱和书没读好。不过我爷爷会做生意，家里小殷实，当父亲作为长子长孙出生时，简直受宠得不得了，不说锦衣玉食，也是精心呵护，啥都不用做，啥都不会做。幸好能读书，轻松读进了高中，却时运不济，遇到国民党抓壮丁，于是到处躲藏。熬到1949年，解放军来了，被父母关在家里的父亲居然破窗而出，与几个同学相约参加了中国人民解放军（考入二野军大五分校），从此离开了家乡西进到贵州。

不知父亲这一步算不算走对了，反正到他离休时既不是党员也没有一官半职，恐怕不仅是没有运气，更有性格的原因。贵州解放后，剿匪时父亲因有文化也被器重过，很快担任了干事，却由于一个老乡当逃兵，行前父亲把从家里偷偷带出来的两块大洋给了他，结果“三反”时被告被查，甚至说父亲管理的账务短了款，受到了处分，并因此影响了

▼ 2002年留爱邹家老屋

入党。1953年省石油公司组建时父亲被调进贵阳，“文革”前始终是业务科一个开票的职员，记忆中他的同事都说“老邹人老实，工作勤恳，业务能力强”，就是鲜能获先进，更得不到提拔。谁知“文革”中竟阴错阳差被作为群众代表“三结合”进了领导班子，但时间不长便在另一派掌权后受到牵连，1970年父亲被迫辞职下放回江西宜黄老家务农。离家20年后带着妻子儿女回到（中途从来没有回去过）自己生长的地方，虽落魄沮丧，也有宽慰释怀，以为回到故乡会有很多温暖，谁知新鲜几天后便被各种回避、冷眼、轻视折磨得受不了。不懂农活的父亲患有严重的关节炎，生产队还算照顾安排记工分，只算半劳力，加之母亲也干不了活，熬了一年全家就快活不下去了。于是父亲第二年开始踏上了漫长的上访之路，跑北京跑贵阳到处申诉流浪，其间苦楚可想而知，但他是勇敢无畏的、执着坚强的，正是他的坚持，1973年夏天终于赶上好政策复了职，虽然得到的工作仅是去石油库开票，不过总算一家人又欢天喜地、充满希望地回到了贵阳。

成年前母亲灌输给我们的是父亲业务能力强，工作勤奋努力，就是人老实，不擅交际，所以得不到重用。待我工作后才知道这种性格在职场里有点不合时宜。印象中父亲与同事没有什么应酬交往，更别说讨上司欢喜，即便与邻居也是罕见往来，其职业前途可想而知。遗憾的是他虽对此心知肚明，却不能改变自己，如今想起来还是由于认知陈旧，观念出了问题。内心的善良正直、做事的勤恳认真，也能做点具体工作，但还要善于协调能够统筹的人才能成为领导。父亲生前曾说“我没有能力给你们几兄妹一个好的依靠，但我一生清白，也没有让你们背上家庭不好的负担，你们自己去努力吧”。由此，我又怎么忍心在父亲生前对他说不好听的话，况且，我虽比父亲干得更好，很多方面仍摆脱不了基因带来的秉性弱点，故无非五十步笑百步而已。

父亲对工作一丝不苟，兢兢业业，对家人则是和善友爱，尽心尽责。爷爷奶奶去世后，新婚不久且收入不高的父亲，就先后将我未成年的幺叔和小姑接到贵阳抚养过；父亲对我母亲很重情分，几十年里几乎没有看到他对母亲红过脸，对我外公外婆也是恭敬有加；他虽有点传统的重男轻女，但对妹妹们还是十分关爱呵护的；而我作为独子，从小反而是受到他的严厉管教，以至于很怕他，我知道他希望我成才。

父亲好读古书，爷爷奶奶去世后，他没有任何财产要求，唯一请求家里带给他一部线装《资治通鉴》。小时候很长时间我和父亲睡一张床，最喜欢躺着听他讲“封神榜”“隋唐演义”“杨家将”“岳家军”的故事，我如今的文学才情很大程度来自父亲的熏陶。“文革”中到处

▼红枫湖畔笑咽岁月

疯狂破“四旧”，我母亲很恐惧，逼着父亲在一个寒风凛冽的晚上，用一个旧脸盆一页页烧掉了他宝贝的《资治通鉴》，漫长的时刻全家人一句话也不说，火光中父亲那痛苦的表情已永远印在了我的脑海里。

父亲1980年才53岁便让小妹顶替了工作，我想除了对子女最后的付出外，他是疲倦了，失望了，放弃了。此后的生活便极其平淡而简单，终日沉默寡言，沿袭几十年的习惯大部分时间都坐在书桌旁，不是看书就是反复抄写一些报纸文章度日。他不爱运动，没有多少爱好，既不喜欢旅游，也不愿交友，最高兴的莫过于有人，尤其是我辈陪他喝点小酒，有时喝到高兴处还会哼几句宜黄戏。

回忆起几十年里，父亲和我单独说过的话并不多，印象深刻的有几个片段：

——他说他小时候顽皮，小学时曾和几个同学在坟地里装鬼吓人，结果被告挨了打，这个故事我上中学时添油加醋写成了作文，成为我最初的文学创作；

——他常说起他父母（我出生前即已去世的爷爷奶奶）的点点滴滴，每次都眼含泪花，悔恨当年的不辞而别，懊恼从此不能膝前尽孝，痛苦由于自己的任性导致了父母的郁郁而终，甚至没能赶去守灵送葬；

——他说起过从军的经历，还翻出过几张发黄的戎装照向我炫耀一番，故事中虽然没打过什么大仗，但剿匪的艰难和危险，以及他的幸运和勇敢深深吸引着好奇的我；

——他给我解释当年为躲壮丁，到乡镇小学义务教书，结果被迫集体参加三青团（没有任何活动，参军时已向组织交代清楚），此事后来我考入西南政法学院政审时几乎受到影响；

——他常说起的人除了他和我母亲的亲人，只有几个发小兼战友或同事，这几个人是他终生的挚友，此外很少会谈及他人，即便我母亲嘴里整过他的人也没听过他议人是非。

这就是我的父亲！

2004年4月，虽然体质不健，但没什么重病很少上医院的父亲，突然因食物过敏住院了，开始是肠胃不适，小便不通，随后便全身皮下出血，5天后病情急转直下，于是眼睁睁看着父亲在抢救无效的情况下命赴黄泉，心情无比难受。我在医院守了他最后两晚，开始我和他都不知道竟会与世长辞，我还表态以后要抽空好好陪陪他。在他去世的头天夜里，我问他有何要求和期望，他说还想回江西老家转转。是啊，2002年五一节期间，我夫妇及女儿第一次陪父母回到江西宜黄老家，由于和1973年离开前境况已大不一样，老家的亲戚朋友们格外热情周到，纷纷设宴款待，还到南昌、庐山等地观光一番，父亲彼时胃口很好又健谈，故乡的山水变得那么有情，难怪时隔不久又想去了。

父亲过世时虚岁77，以其身体状况和生活条件，尤其是现在的医疗水平而言，还是早了点。人说孝道在身前，人都走了，搞那么多形式庄严的祭祀意义何在？但每年扫扫墓，缅怀一下先人是必要的。而我在墓前经常想到的，要么是父亲的一生应该留给我们什么样的启示，要么是作为儿女对父母应该怎样尽孝。前者此处已不便多谈，后者让我愧疚的至少有三点：一是父亲离休后，长期孤处家中，郁郁寡欢，而我则成天忙于工作事业，难得抽出时间，好好地陪他喝酒聊天，更甭说带他旅游度假了；二是父亲身体底子原本不错，成年后家里人多负担重，生活水平大幅下降，本来他是油肠子，但长期粗茶淡饭为主，营养不均衡，以我的经济条件，本可以让他过得更好，却用心不够，任由他过早衰弱了；三是父亲入院时本是小病，医院没引起足够重视，我也疏忽了，治疗不对路、不及时成为我们永久的痛！

父亲嗜酒，晚年犹喜喝几口，故每年我都会带几杯去坟前供奉，今年不知怎么竟忘了。当天回来脚痛风，夜不能寐，好不容易恍恍惚惚睡去，梦里满是父亲，依稀记得他说有酒喝，要我不要自责，使我越发愧疚。他从来都爱我，虽然不太讲出来，但我内心能够感受到理解和包容，比如，我女儿出生时，期望得到长孙的父亲怕媳妇不快，主动到医院送饭，让我爱人顿觉宽慰释怀。

春色无边的山野充满生机，对逝去的人而言已都成虚幻；浩瀚无垠的太空玄机深奥，谁能怀疑还有另一个世界呢？父亲，您虽走得匆忙，但平静安详，特别是不愿折腾我们兄妹，不曾伤害过身外任何人，不会玷污自己的一生，既积善缘，也得善终，必将归享天堂。

这就是我忘不了的父亲，他叫邹德顺。

2019年4月30日于贵阳

少年血性磨砺时

——忆随家下放宜黄那些日子

小时候，常听父亲说起江西老家的风俗习惯，以及相关逸闻琐事，渐渐地很多都已随风飘散。却清醒地记得王安石出道前在宜黄城北山间，某寺庙旁称为读书堂的地方修学，甚为勤奋努力。某日因夜半三更腹中饥饿，便打着灯笼下山敲开民舍，谦恭借火，老百姓则说：“你灯笼里不是火吗？”荆公顿时哑然，于是随口吟出“早知灯是火，饭熟几多时”，遂怏怏而返。殊不知我青少年时期居然有幸在这名曰读书堂的窝旁陶冶了三年。

1970年那个寒冷的冬天，父亲拖着我们一家六口辞别了贵阳，乘坐火车转汽车颠颠簸簸劳累三天，终于到达老家江西省宜黄县城关镇——

他1949年从这里参加解放军，从此进军西南辗转贵州，已经25年没有回来过。那时才14岁的我正在上初一，想起离开的前夜我与几个同宿舍小伙伴，在空屋里边吃宵夜喝啤酒打扑克，边依依不舍地告别时，突然几个警察冲进来，把我们带到了派出所，关进一间冷飕飕黑黢黢的羁押房，说是有人告我们赌博扰乱秩序，明天再处理。在寒冷与无助的煎熬下，我们焦虑恐惧地抱在一起等待着天明，仿佛在等待世界末日。好在次日清晨，一同伴之父闻讯赶到派出所担保，解救了我们。总算赶上火车的我一路愤怒难耐，稀里糊涂摇到了宜黄。

印象中那时的宜黄系偏远山区小县，简陋而荒凉。送我家下放的两个干部冷漠而随性，把父亲带到凤冈镇，简单交代后便悄然离去。镇里遂按照相关要求把我们落户到北关大队黄陂桥小队，因雪拥寒冬太忙

▼山光水色黄陂桥依旧让人牵挂

碌，大队便过渡性的给我们安排了城北坡前一间牛棚似的草房。至今记得用玉米和麦秆扎的墙壁被呼啸的北风撕裂着，茅草为盖的屋檐已被凝冻压得半塌，躺在冰冷刺骨的床上难免愁绪万千、辗转反侧！幸好有个亲戚在镇里领导层工作，该家又住在爷爷留下的“邹家大屋”里，父亲找他协调了好久，全家终于在一个多月后搬到了黄陂桥生产队，得到队部集体所有的两间石头砌墙旧库房安置。从此，我家在这个貌似热闹、实则清冷无邻的晒坝旁度过了近三年贫困凄楚的岁月。

随家下放农村时，恰好是我融入社会、世界观初步形成的青少年时期，故乡的烙印必然是深刻的。

1973年父亲落实政策我回到贵阳后，在这40多年里，我回去过五次，每次虽似匆匆过客，但一定会不畏艰辛地祭扫祖先、瞻仰故地、拜师访友、寻宦问贤，真是如续前缘，感慨良多。推理起来有三方面给我的影响最深，容慢慢诉说。

饥寒识冷暖　苦难生善行

从家谱反映，邹家祖上唐朝时期致仕闽赣时，途经风光旖旎的宜黄遂定居下来。分枝拓叶后大约300年前，直系宗祖在县城南大街修建了气势雄伟的“邹家大屋”，爷爷作为长子的长子，自然居住在其中显赫的地方。然老人家怎知所钟爱又会读书的长子，1949年竟私自参军出走，且从此天各一方；爷爷奶奶伤感思念中不幸于1956年双双辞世。父亲闻讯虽哀痛欲绝，但神圣使命导致无法返回老家扶柩。想不到“文革”中竟遭此一劫——被勒令辞职下放，不幸中的万幸是可以选择返乡务农。

回到素昧平生的原籍，本应充满希望，岂知大谬不然。一是父亲即便没戴着遣送回籍的帽子，却按政策必须安置到农村务农，加之同族亲眷们的欲望和希冀，“邹家大屋”是住不进了，我几次徜徉在大屋前后，虽心有不甘，最后也只能依依不舍地回到乡下那破败不堪的居所。二是父亲虽是新中国成立前参军的老干部，却由于各种原因导致仕途不仅不顺，反遭折磨；回到老家后，在那些亲戚战友面前并不能昂首挺胸，不少满怀期望的亲情友情轰然坠地；过年过节时没菜没肉也鲜有人探望，甚至贫困无助上门求救时还屡遭抢白和冷眼。三是在生产队，患有严重关节炎的父亲难以下田干活，幸能记工分结合跑龙套，但所挣有限；母亲既不懂农活，语言也不通，只得依靠缝纫机帮村民们干针线活挣点小钱；于是家里很多重活如挑水斫柴挖自留地等，便落在了我这个半大小伙子身上。四是周围有些村民喜欢来找我家“乐子”，逗我们这些城里来的孩子，其中有些欺辱之事至今难以启齿；见到亲戚故旧也常遭人奚落讽刺，登门拜访有时还水米难沾；至于遇到稍有职务的镇社干部，那种莫名其妙的倨傲让你甚觉尴尬。五是那时我正在读中学，同学中有许多南昌抚州下放子弟，他们父母多是高级领导，即便到了县里依旧英姿勃勃，子女自然心气不低，而当地同学多数出自县里高干门下，于是我只能低眉顺眼、谦和恭敬，尽量避免讨嫌。

正因为有此遭遇，造就了我外表温和、内心坚强、善意待人、努力做事、胸怀大志、不屈不挠的性格，既不再怨尤忌苦，反而更加感动岁月蹂躏出的美好回忆。

比如，那年春节前一天，我家已无钱买肉买菜，一家人正在凄苦中企图忘却时光时，突然激动地看见孙姑父开着大车从对面过来，一会儿到家门口，卸下了一大堆有肉有菜的年礼；有几次我家缺吃缺喝了，来家里缝补衣物的同村大娘大爷，回头就从家里送来救急的东西；父亲实在受不了煎熬，第二年便返回贵州找领导要求恢复工作，行前多少个白天晚上，我居然少年老成、用心帮助写、抄上访材料，其中之苦恼与自得至今历历在目。

更不能忘却的是：开荒挖自留地带来的浑身酸痛，以及薅秧施肥浇水的劳累辛苦；学习砍柴手掌磨起的水泡与肩上的血肿，第一次将无法挑回的几十斤柴火卖了五块多的欣喜；还有与妹妹们抽空拔竹笋、上山挖苦蒜、田里捉泥鳅、河边网鱼虾去叫卖的得意与辛劳；在学校读书（约十里路途）经常缺少饭菜得到老师同学救济时的感激涕零；辅助亲友邻居子女做作业复习功课的快乐无私……

贫困磨体肤　坚忍蓄锐气

那个年代，尽管我们从小就生活在贫困之中，并且经历了“文革”的苦难，但都没有下放宜黄的岁月艰苦难熬。父亲退职仅得到1000余元，落脚农村后所剩无几，亲戚朋友的帮助只是杯水车薪，一家陷在饥寒交迫中熬度时日，锅里除了大米饭能基本保证，蔬菜得看自留地的情绪，鱼肉之类更是偶尔才有。令人刻骨铭心的是，父亲在忍无可忍的情况下返回贵阳上访时，留在乡下一年多，我们却不断获知并沉湎于父亲仍在遭受的种种折磨……至于父亲下田关节疼痛难耐，但基于长期都得忍辱负重而只能咬牙煎熬；母亲远赴他乡本就不习惯，为了养家糊口被针线勒得两手伤痕累累，还得忍受那些无聊的调笑；年幼的妹妹们挖竹笋野葱去卖时受到的嘲弄，以及我读书并与同龄人相处中的烦恼委屈；家养的黄狗在后山被村民设置的捕猎物炸伤后的痛苦狂躁，黑毛猪挨饿时拱倒烤糯米酒罐大吃一通后的疯癫无状等，都已不够刺激，只能成为难得的回忆。

正所谓预则立，凡事都存在逆反，这些恰是自己身心成长中最为难得的磨砺。翻开当年的日记，禁不住感慨万千，因年纪小，经事少，况属初学，所以日记里一大半是那个年代的革命语言，令我诧异的是在如此艰难曲折的生活环境里，文风却充满着积极向上的情绪与精神。比如，1971年5月13日就记着“不知道为谁活着，活着也像死了一样”，与之呼应的是我多次在饥饿难耐时帮助爬坡的老人拉车；不畏辛劳隔三岔五地去砍柴与种自留地，还把血汗换来的成果分享给他人；总是愉快地参加校内劳动，尤其是从学校担肥去河桥农场，那十余里路上的风光感觉那么迷人；村里杀猪宰牛我有空就参加（家门口就是晒坝），久而久之竟能出手相助，并且自己也能杀鸡宰鸭了；叔叔姑姑等长辈家里遇到什么需要出力尤其是动笔的事务，我便立即欣然前往帮助，特别是为父亲准备“上访”材料，虽然付出了不少心血，依然毫不懈怠。

由于有了勤奋努力的意愿和坚韧不拔的意志，少年血性迸发得不可收拾，除了必须上学以外，始终坚持不懈地体验着劳动的挑战与快乐，不久体魄和能力便赶超了身边不少同龄人。课余饭后，上山抽竹笋挖野菜，下河洗衣物捞鱼虾，去田里抓青蛙笼黄鳝，到学校砍伐茂竹与打田插秧；更迫切的任务是为保障厨房用度和补贴家计，一周至少两次上山砍柴，随着附近林木的减少而越走越远，从肩不能担到100多斤的木柴，不管十几二十里路都能够一肩挑到。

劳累之余的闲暇时光也变得充满韵味了，我不仅学会每天看小说写日记，并且经常借砍毛毛柴之机爬到“读书堂”，躺在赤红的大岩洞里怡然地体味着王荆公与临川才子们的惊人往事；凉爽夏秋之夜，爬进门前晒坝上的大谷桶里仰面朝天，津津有味地与明月星空交流神思；炎热的傍晚，在学校里帮助老师改作业后，哼着小曲翻过越岭的近道、顺着农舍的炊烟回家——有一次天黑居然碰到了豺狼，幸好农户的看家狗纷纷狂叫，但还是吓得我惊慌失措地跑回了家。

读书牢心志　负重培性情

初一去江西，回来高一已快毕业，读书人完成好学业是最重要的杠杆。刚转入宜黄中学时，我不仅生活习惯与举止语言不入流，性格也不怎么占起手，但很快这一切都改变了：一是成绩直线上升，与同班优秀女同学一起成为学校广播室台柱，迅速成为老师关注与宠爱的对象；二是不到一年时间便担任了班长，且越干越好，经常参加学校会议且积极发言，颇受人尊重；三是不管打篮球搞田径都生龙活虎，尤其在校农场劳动体力技能均名列前茅；四是日记里已反映出“吾日三省吾身”——不管做事对错，受到老师教工同学表扬批评，总在反思自身的骄傲自负与无知浅陋，进而成就了和蔼耐心的品性；五是热心为集体干活，为他人服务，成为亲戚同学邻居朋友夸赞的善良小伙。正因为能够积极对待现实，穷则独善其身，理想与追求逐渐清晰并慢慢成熟起来，尤其有两件偶然事件的发生成了我坚定信念和意志的媒介。

一件事是鳏居的村支书经过观察，认为我是一个懂事会读书有前途的伢崽，竟遣人上门为大我两到三岁的独生女提亲，吓得我从此不敢过他家门前（上学或外出均绕道几百米），连已熟悉且面容姣好的该家姐姐也唯恐避之不及。另一件是初中毕业时与两个要好同学相约报考设在邻县的共产主义劳动大学，初衷是家庭困难那里有饭吃，毕业后还有工作，谁知班主任刘老师竟然不辞辛劳，走十几里路来我家找家长做思想工作，劝并要求我一定要留下来读书，说“以你的天资和勤奋今后必然有前途，去那里只会变成一个粗黑的农工”，于是我毫不犹豫改变了主意，后来那些去了的可怜同学果然被不幸言中。

宜黄自古人文荟萃，又毗邻临川，新中国成立前还是红白交界兼红军常作战的地方，自然风光无限，空气清新醇厚，而且我祖上乃书香门第，还做过临川知府，只是六代以前没落了，这种境遇反而刺激了我的上进心与自信心，从此便更加发愤图强。除了应对生活的挑战以外，一方面学好功课，每次考试成绩都名列前茅，课余深入钻研喜爱的文学，不仅坚持读小说写日记，还频频与贵阳的朋友们通信状写款曲抒发情感；另一方面学会沟通协调统筹，既维护好亲友之间情分与周围人情世故，也努力交往振奋有为的同学并学习优良品质，更重要的是在老师指导下学会组织能力与把控艺术，领导全班积极向上。记得，我班代同学城中惊马前抢救他人受到学校表彰时，阖班在全校面前合唱的《英雄赞歌》是那么铿锵豪壮，而领唱的代同学（女）竟激动得把高音唱跑了调；同学们在河桥农场收割水稻时，太阳火辣辣的，天气格外炎热，别班有同学中暑倒下后，我班徐同学引领着一群男生竟然越干越欢；每逢大事，学校广播室就会传出我班姜同学（女）优雅磁性的播音，那些稿

▼老同学相逢，漫赏寒天冻枝丫。

件不少出自我与贺同学、吴同学等的笔下；班里开整风会，年级搞忆苦思甜，学校请老英雄讲红军故事，我班总能认真整齐严谨表现，积极鼓掌踊跃发言，因而多次被评为先进，得到表扬……

时光荏苒，几十年恍然而逝，但回首往事仍历历在目。去年年底我邀约几个老朋友返回宜黄拜祭，到抚州夜赏牡丹亭大型实景表演，瞻仰名人园及王安石展览，拜访当地精英并听闻这个有梦有戏的地方正在飞跃发展，实在心怀骄傲。特别是几个南昌同学专程赶来，陪同到东华理工大学拜望当年教语文的班主任刘老师——他是我此生最敬重的师长，看到他耄耋之年仍精神矍铄，不禁回忆起当年我返回贵阳后，他在来信中对我寄去那句“漫赏寒天冻枝丫”不胜夸赞有骨气，大大激励了我创出一番天地的勇气。

回到金秋时节郁郁葱葱的老家，沐浴在佛教曹洞宗（禅宗）祖庭曹山寺旁那棵千年银杏下，目睹繁盛的枝叶时，不由得想起当年在附近砍柴的点点滴滴；走进黄陂桥居住过的村里，凝视着那时天天使用的水井，抚摸着曾是我家自留地的篱笆，眺望着夕阳里粼粼水波映衬的石桥，禁不住泪眼婆娑；站在宜黄中学教学楼前，欣赏着那片葱绿的桂花树和曾经上课的二楼教室窗户，仿佛已入前世、仍趴在书桌上午休——清冽浸脾的芳香让人流连梦中，梦呓里似乎又在激情朗诵：那勇敢的海燕，正在翻起白沫的大海上勇敢地飞翔！

2020年4月13日 于贵阳

青春做伴释轻狂　那个年代就那样

——忆高中点滴

贵阳八中高中班同学大都退休了，相邀聚会，要我写篇回忆文章，此命难违，不得不搜肠刮肚，甚至翻开了尘封的日记，找寻久远而模糊的记忆。

1973年那个温暖的春夏之交，随家下放回江西老家近三年后，父亲落实政策回来，我又得以从江西转回到贵阳八中，那时已是高一下学期了。在八中的一年多里，是我学习能力和知识快速上升的时期，也是身心得到磨炼并开始质疑“文革”弊端的时期。讲高中生活，离不开那个时代的印记，我想围绕学之趣、情之稚、时之谬三个关键词来谈一下那些往事。

▼同班同学，一起上山下乡。

学之趣

学指读书学习，趣指兴趣、趣味、诱惑力，学之趣是说学习读书的快乐仍是学生生涯的主旋律。“文革”时期本来读书无用论甚嚣尘上，1972年邓小平复出掀起的“右倾翻案风”，把学生们从串联闹事扯回到了教室里，一系列教改措施使学校教学空气骤然浓厚起来，我们正是在这样的背景下完成高中学业的。班主任杨希祥老师非常注重学生的学业，是个很有良知的园丁，他一直要求大家把学习放在首位，不要受各种奇谈怪论的影响，因而班上总体学习风气浓厚，成绩好的同学受尊重。清楚地记得杨老师经常在课堂上表扬叶同学和常同学，叶在我转学来不久后转走了，但他的儒雅和文才让人不得不佩服，故很多年里一直保持着与他的交往；常是属于全才型的，数理化文科都好，不过读书期间基本没有和她说过话，只是不时用欣赏的目光注视着她的背影；此外彭同学、江同学、刘同学、郭同学、任同学等均各领风骚，以致每次考试都是一次竞争和提升。我那时学习成绩也是名列前茅的，且有些自以为是，郁闷的是经常考试后去老师那里打听分数和排名时，都会听到（1）班有个好像姓华的女生总是满分，让人难以超越。

学生学得好关键靠老师，当年教我们课的各科老师都是佼佼者，诸如“廖斯特”“黄三角”（学生们封的雅号）等更是名满贵阳。廖老师讲物理生动有趣、寓教于物，黄老师讲数学信手拈来、头头是道，杨老师讲语文旁征博引、深入透彻；我的日记里还这样记载了讲化学的代老师：“上课有规律，先将讲课内容概括成一两句话写在黑板上，然后讲解、做实验、布置作业，于玩笑中便言简意赅地把知识灌输给了我们。”

从初中起我就爱好写作，故作文经常被杨老师在课堂上宣读。不过，我不是一个死读书的人，翻开我的日记，那时几乎天天都在抢读中外文学名著（因我有几个发小，原来大家功底差不多，待我从江西回来后突然发现读的课外书差了一大截），经常在课堂上把小说放在桌下读，好几次突然被老师点名问课文，居然多数都能蒙混过去，后来听说师母在杨老师改作文时喜欢翻看我的作文，而在时人眼里行事乖张的我亦曾被老师戏谑为“歪才”。

情之稚

情指同学情谊，稚指真实、单纯、稚嫩，情之稚想表达同学关系的幼稚真诚，以及带有时代特征的任性。我在八中读过几个月初中，等到转学回来时由于没有空位，几乎回不了八中，最后还是通过马同学做杨老师工作才破例收留了我，并且不久就担任了副班长，故一直心存感激，从而极力表现，很快就得到大家认可，融入了（2）班这个大集体，与很多同学交情很深，后来当知青时竟然又有七个同学一起下放到红枫湖畔。

记得当时八中高中四个班被人戏谑为“（1）班‘嫖’，（2）班闹，（3）班优秀（4）班高”，原因是（1）班男女同学比较团结，（3）班成绩好，（4）班同学个子高运动员多。我们（2）班最大特点是男生喜欢打闹，喜欢恶作剧，举几个印象深刻的例子。比如，某数学老师个子矮，上课前调皮的同学就把粉笔放在黑板顶上，气得她玉面发青；教室后面的门被故意搞破，有的同学不愿听课时就自由钻进钻出；但凡一下课，一大群男生边挥舞撮箕扫把冲出打进，整个教室顿时乌烟瘴气；至于搞女同学恶作剧之类更是不胜枚举。但是，遇到下校办工厂劳动、学校运动会、平时球赛和集体活动时大家又不是一般的团结互助。记得当时学校搞纪念长征象征性长跑，每个班必须跑3000公里，我们不得不每天清晨6时到校，在操场上跑几十圈，男生们互相鼓励，那真是煎熬着也享受着呀。此外同学之间情深义重的故事不胜枚举，比如，阚同学父母搞外贸，他便经常把父母出国带回的好东西与我们分享；李、江、马同学几家离学校近，到他们家里蹭吃蹭喝是常态；人生第一次看彩色电视竟是在郭同学家；与张同学更是情投意合，以至于到知青农场后成为莫逆之交。

功名富贵何须道，万千挂碍是同窗！其实能够一起度过美好的高中时期是莫大的缘分，因为那是人生最精华最值得留念的一段时光。现在仔细回忆起来：彭同学的沉稳厚道，马同学的精明能干，张同学的干净利落，薛同学的勤敬谦和，李同学的矫健随意，王同学的刚烈豪气，郭同学的温婉端庄，江同学的灵气才华，叶同学的儒雅谦虚，常同学的文静知性，赵同学的豪爽包容，许同学的清新高洁，任同学的聪慧纯朴，阚同学的执着自重，林林总总，无不历历在目，宛若昨日，难以尽述，怎能不令人怀想？

时之谬

时指时代，谬即荒谬，时之谬意味那个时代的颠倒错乱不合情理，有的给我们带来了不小的心理影响。青少年时期本是热血奔涌、身心成长、最富有创造力和想象力的年代，但“十年动乱”窒息着人性，我们

▼金秋把手，四季生香。

恰是在扭曲的环境里长大的。那时男女同学很少交往，本身情窦初开，却以为男女生离得越远越革命，少男少女的冲动得不到正常引导，便盲目发泄。当时班里几乎没有什么早恋之类现象，有些朦胧的情愫反而会表现得奇奇怪怪，比如，当听说某男女同学互相有意思时，其他人就会指指点点、背后议论，如果知道谁对某同学有好感或动了心，便会讥讽嘲笑；还有就是有的班团干部因为性情和工作原因产生矛盾，本是鸡毛蒜皮的小事，其他人会莫名其妙地被裹挟其中，让杨老师不得不费劲地从中协调这些关系，此后想起来甚是幼稚可笑。

其实今天看来都是再正常不过的事，只是由于不成熟又处在特殊年代，倒是应该遗憾我们失去了"夏洛特烦恼"那样精彩的青春阅历，叫今天的高中生知道了肯定会贻笑大方。

还有就是虽在上学读书，但很盲目惶惑，喜欢读书只是一些人的本能，没有高考便没有了理想和奋斗目标，不知今后去向何方。1974年春季一个阴雨绵绵的日子，目睹贵阳市大规模欢送知识青年上山下乡的场景后，我预感到了那就是归宿，心里很茫然凄苦。但学校还是在若无其事地安排我们下校办工厂劳动，每学期两周。对年轻人来说，劳动是快乐的，那时任务是炼铁，要求每人去捡拾废钢铁，有的同学不惜把家里的金属用品拿来上交；刚开始力弱抬不起铁水包，后来经过锻炼居然也行了，至今我的手背上还留有铁水花烫伤的疤痕。其实正是由于缺乏努力方向，大家才拼命卖力苦干，流淌着汗水，筋疲力尽时用一场大睡来调剂身心的疲惫。

不过，让人更为伤心的是，本身没有任何缘由，却被强调斗争的氛围裹挟，人与人之间的关系变得紧张。中学生天真无邪，哪有那么复杂，但那个年代看问题是无限放大的。

记得在校办工厂劳动时，有一天突然听说学校正在调查我们组织什么“生活委员会”的事（其实完全是因为一个玩笑引起），因父辈的遭遇和众人皆知的各种“左”的做法，我顿时吓得失魂落魄，深知这意味着什么，于是便鼓足勇气找老师解释，杨老师既警告也安慰了我，不知好歹的我心存怨气，好久不能释怀。很多年后时任校团委书记与我成为职场同仁后，议论起此事她说杨老师主动把事揽过去是为了保护我，至今想起来不胜唏嘘并深感内疚。

可以写的东西本来很多，但提笔就想起了这些，不知是否符合此次征文的主题，会不会让同学们扫兴。不过大家都已过了耳顺之年，回忆往事无非是通过寻找青春的印迹获得友谊并再启前缘，如今我是“眼里只有四季，心中已无纠缠”。为此，特附上2014年高中毕业40周年与部分同学看望杨老师后填的一首词——《临江仙·教师节高中师生聚会》，作为此文的结尾：

酒劲茶酽思意渐，庭外洒满银光。
金秋把手相叙忙，心中多少爱，欲吐恐牵强。
每忆当年顽劣处，青涩茹苦还香。
转眼四十岁铿锵，师说千古事，恩义醉同窗。

2018年7月4日 于贵阳

游格凸河小记

久闻贵州安顺紫云麻山腹地有著名景区格凸河，言有三洞如“凸”字排列，碧水于下洞蜿蜒而入，清澈秀丽，并有晨光从上洞口倾泻如炬，光芒璀璨；言有巨洞，中有苗寨，洞民往来皆穿梭崇岭河湾，少有人知；言格凸河峡谷谷深岩陡，岩壁上多有悬棺，猕猴嬉戏其中，人过其下会掷石骚扰；言洞民有蜘蛛人，攀岩过壁轻松如燕，曾令国际攀岩名家扼腕哀叹。然吾向以为早知喀斯特地貌之奇，并所见甚多，当不过尔尔，故终未一游。

是日缘到，往探挚友，借得两个时辰闲暇造访，一睹一游，竟震撼不已！一诧洞之深阔，燕子洞高百余丈，阔数十米，碧绿色的河水沿峡谷而来，绵延灌入，声闻数里。据闻，该水入洞便形成暗河，一泻数十里，曾有中外联合考察队入洞漂流，朝发午达一宽阔洞堂，曰苗厅，近200亩地六七个足球场之广，人喻波音747飞机亦可畅飞其中，可谓世界之最。二诧蜘蛛人之能之胆，百闻不如一见，百丈洞壁如履平地，一支香烟未烬已然返回，却惊见其身材并不矮小，且叹女子亦能为之。据说当地有此等技能者旧时不少，今已寥寥，为探燕巢取燕窝，亦为置悬棺葬先人也！仰见其登顶而无任何保护，观者皆已吓得冷汗频频。三诧该处诸多珍稀动植物，诸如方竹、兜兰、雀草等。窃以为雀草更奇，茂盛生长于高高树冠枝叶之上，远观皆以为鸟窝，细看近看则是丛草，问之乃雀鸟偶然携带之草籽掉于大树枝干，由于生长环境独特，竟成树草奇观！

▼苗乡仙境，舟横水静。

惜时短未能尽游，仅窥其三五表皮，然匆匆一会已是难忘。盖知荒蛮偏僻之乡实乃藏世圣境，麻山虽极贫之地，然蚩尤后人

▼格凸洞穴，充满玄幻。

在此悠然自得已不知若许年，顺天地而远红尘，方留得此方外仙舟。我辈碌碌半生，却牵挂过多，蒙昧苟且，故无胆无识，尚自视不凡，实谬矣，今始悟：莫如蓬蒿人之轻松自在，忘形天地而怡然其乐也！故记之以自戒。

2017年2月15日

吊海龙屯遗址

时值丁酉年四月二十三，初夏的遵义凉热适当，多云气候恰好登高访古。

出遵义城西北约30里，便是大娄山东部支脉，这里崇山峻岭，郁郁葱葱。湘江源头之一的白沙河蜿蜒而下，河水碧绿清澈，掀浪如歌。沿途不时看到一些冷兵器时代军事设施残留物——石砌城墙、石门洞等，以及养马场、卫城之类带着硝烟的地名。怀着期待的心情，终于要领略慕名已久的世界文化遗产海龙屯遗址风采了。

山多山大本是贵州特色，然大娄山既有乌蒙的高大威猛陡峭，又有苗岭的清秀迤逦苍翠，海龙屯就蜗居在群山环拥的龙岩峰上。龙岩峰既名峰，在其拔地而起高耸入云，四面如削，仅东西两面能够凿出陡路上山；然其实则又是山原，峰顶竟有近两平方公里敞地，足可屯兵数万。我倒觉得此地有如南非开普敦的桌山，四围簇拥的山峦仿佛众仙，于此纹枰饮酒岂不乐甚。这里400年前却是烽火连天、血雨腥风的战场，明万历年间三大战事之首平播之役就在这里厮杀了114天。

一抵山前，仰望着陡峭入云的石梯坎和雄奇险峻的关隘，我们就迫不及待地攀登起来。方至铁柱关，已是气喘吁吁，古道青松，歇马亭畔风猎猎。喝水擦汗后，抖擞精神来到了飞虎关下，抬头一望，还需登36级天梯才能进入飞虎关。所谓36级天梯若非一见，实难想象——每一级梯坎都高约半米，且梯面也是斜坡，整个梯坎近50米长，45度倾斜，是进入飞虎关必经之道。管理部门为保护天梯已封闭不能由此登关，我在保护栏边试登了几级，煞是费力。据说当年官军攻此死伤无数，仍不能得逞。

▼陡峭古道，山风冷峻。

于是一边感慨一边回望巍峨连绵、起伏如黛的远山，不由得想：古代这等荒蛮之地，土司但凡建城堡无非防盗匪侵袭或“刁民”造反，即便靠近渝黔通道，又能奈天朝官兵何？同行的遵义市娇小的文史专家虽系巾帼，但对海龙屯史实如数家珍，我们便一路继续登山一路听她讲述那些诱人探测的考证结论和民间传说。

终于汗流浃背地登上了飞龙关。好在空气是那样清新，深深吸气，明显感受得到负氧离子含量充足，因此略微休息便平静下来。此时对望飞龙关，黝黑的大石块垒成的碉堡和御墙虽已遭战火与风雨反复摧残侵蚀，却依旧傲然挺立，残垣断壁的轮廓如此冷硬尖利，仿佛要刺破云空，让人越发感到苍凉厚重！抚摸着岁月沧桑的城墙（当年整个屯堡有5000米顽石砌就的城墙，现残留不多了），听专家娓娓道来：海龙屯是遵义历史的见证，公元876年唐僖宗派太原人杨端领募兵击退南诏国并收复播州，杨氏从此统治播州达30代700多年。史上播州领地虽几经变迁，其辖地始终以遵义为中心扩展至川黔，盛时达7万多平方公里，为唐宋至元明最强最大的土司政权之一。历代播州军均甚骁勇善战，曾多次出兵为朝廷分忧。明万历年间，其30世杨应龙扩建了龙岩屯，使其成为整个播州军事防御体系之核心营垒，有此倚仗，便恃强凌弱，扩张势力，搅扰得四邻不安，朝野惊动，才导致天降横祸。惹人探寻的是还有一说，言杨家（有野史记载杨端六代之后过继的子孙实属北宋大忠臣杨老令公之后）世代重视与中央关系故能维系长久，杨应龙本无反心，因宠爱美妾田雌凤，受枕边风蛊惑杀害大老婆一众引发周边官衙土司震怒，遂向朝廷进谗诬杨谋反引发平播战事。

我倒是只信前者，中华历史大凡兴亡之事，总喜欢弄点红颜祸水出来，实则萧墙虽高岂容他人觊觎，故宁可错信错判。加之后来说史之人也总擅长于残酷冷漠与血影刀光中寻些花边题材，使故事更有色彩和嚼头。不管怎样，当年可是几十万兵马在这里杀得天昏地暗、血流成河啊！杨应龙城破自缢后仍被用盐腌尸押赴京城处以磔刑，其余被俘兵将等悉数砍头抛尸，关前的杀人谷深不可测，风灌峡谷，仍然传来凄凄惨惨之声。民间传说杨家二小姐为殉情在绣花楼跳岩的故事纵然令人唏嘘，其悲怆程度又怎能相提并论呀。

登上朝天关后，夸张点说已是一马平川了。此时午后的斜阳已悄悄地洒在青翠葳蕤的植物和鲜艳夺目的杜鹃花上，芳香的气息似乎让人忘却了怀古的忧伤，大家纷纷采摘起新鲜悦目的野果品尝起来。山顶除了刚修建不久的几处供游客遮阴躲雨的木棚外，满是茂盛的植被间杂着奇花异树与潺潺流溪，各种鸟儿欢歌不停，此起彼伏。奇怪的是有两只类似黄鹂的鸟儿一直跟在我们左右叽叽喳喳，撵也不飞远。这时已来到新王宫废墟前，太阳不知啥时隐没了，突觉山风阵阵透着寒意袭来，我顿时突发奇想，该不是杨应龙阴魂附体，前来诉说什么冤情或真相？

所谓新王宫不过相对于老王宫而言，是从荆棘和一米多深的流沙尘土中刨出来的废墟。它居于山顶核心区，实则是当年土司爷营造的宫殿式官衙和海龙屯防护内城，占地数百亩拥有近两万平方米的殿宇也算相当可观了，其中建筑艺术之高超，建筑材料之精致，以及出土文物之丰富无不令人咋舌，如今只剩残砖碎瓦和颓井残垣，唯有挺拔的苍松和依然充盈的井水，仿佛在叙说着与世隔绝的无限恨事。

由于时间关系，我们没有再到后山寻幽探胜就折返了。返程匆匆，回味着海龙屯的前世今生，感觉还有很多被岁月尘封的谜未能解开：如为何古龙岩屯今却叫海龙屯——传说平播主将李化龙喻已将杨应龙这条龙镇于苍山大海中故改此名，但他自己也是龙啊？况且龙在海中岂不更加游刃有余？又如海龙屯究竟是为南宋抗蒙——据说与修重庆合川钓鱼城同出一谋，还是为了拥兵自重，割据一方抑或其他？再如土司朝廷一般只授予少数民族首领，是为安抚靖边而让其自治的一种手段，但杨端一族本系汉人，怎会获此优遇——据传当地所谓杨保人即是以杨氏为首包括了苗僚仡佬等的少数民族？这些无不使人浮想联翩……

若论海龙屯之遗世价值，再现已消失的反映中央与地方尤其是少数民族关系的土司制度及其文化传统，并有特殊意义的政治、军事、文化、建筑、民俗等考古景观等方面，申遗批复和各类考察文章中已不吝笔墨辞藻归纳。而我今日行来，则深悟人居峰顶时，看万山臣服，便容易滋长睥

▼遥望残关，雄壮依然。

睆豪夺之心。然山后有山，天外有天，浩繁星海，无边世界，茫茫大地，滚滚红尘，切莫以凡心量自然，以人欲窥太一；应遵循圣道，不卑不亢，顺势而为，无住生心，宠辱不惊，得失皆忘，如此则可得平安快乐矣！故记此以鉴。

2017年5月25日

登合川钓鱼城记

日照江围钓鱼城，沧烟古韵兆忠魂。

卧佛憨笑独无语，千古岂由刀笔纹。

阳春三月，被阴雨浸淫了20余天的山城重庆突然放晴，明丽的阳光照射在葱茏滋润的草木上格外清新怡人。是日，与大学同窗好友陆君陈君彭君应合川籍潘君之邀，乘小聚之兴游览渐有名气的钓鱼城。

从位于渝都中心的朝天门码头溯嘉陵江而上百余十里即是合川，如今行驰高速路，不过个把小时即到，而合川县也随着直辖市的成长变成了合川区。中心城区坐落于嘉陵江与渠江涪江三江汇竞之处，故合川城能跨水枕流，拓川平野，显得格外生动大气。但若无近在咫尺的钓鱼山——该山海拔虽不到400米，然三面环江，四围陡岩峭壁，犹如一锭纹银镶嵌在舒展的绿原上，又被江流挽了个半环——岂能如此美丽且闻名遐迩。

出合川城仅5公里即到钓鱼山下。1242年南宋大将余玠为抗击蒙古铁骑南侵在山顶筑起钓鱼城，尔后五任将领连续抗击蒙军达36年，大小百余战，其中的艰苦卓绝可想而知。特别神奇的是竟然在1259年，以不到万人之兵，血战已横跨欧亚无往不胜的蒙古数万精锐大军，还击伤致死了蒙哥大汗，并由此改写了整个世界历史——因蒙哥突然辞世，众多征战欧亚大陆的蒙古亲王迅速撤军回去争夺汗位，使得即将崩溃的西欧与地中海诸国绝处逢生，此一军事奇迹曾令古今中外多少史家政客唏嘘感叹并众说纷纭。

沐浴初春午后和谐的阳光，吸吮着茉莉花的阵阵清芬，吹拂着夹带

▼初春的阳光吹来阵阵芳香

江潮的习习凉风，我们鱼贯登上苍凉的石阶，一边听着导游的介绍，一边不停地探究尘封的往事原本究竟是何面目。模糊记得读到过对蒙哥之死的不同说法，有射死说、炮伤后感染而死说、水土不服病死说、溺死说等。由于中华历史基本上都是汉人为主的儒学家所写，包括《元史》也是明初所修，故而被誉为“东方麦加”和“上帝折鞭处”的钓鱼城之战到底靠什么坚持36年？怎么抵挡得住能攻坚拔锐的虎狼之旅？蒙古大军为何非要攻下这座弹丸孤城？仅有2.5平方公里的山顶怎样养活上万军民？那些蒙古铁骑最终为何饶恕了令他们颜面扫地的守城军民？诸多疑惑虽有种种解释，却都在歌颂守军的忠君爱国和坚韧不拔，可怜那些善战不善写的蒙古人没有留下什么说法，只得任凭后世取舍褒贬。但不管怎样，现有的记载都说蒙哥之死与此战有关，故其改变了世界历史格局之说应该是成立的。此外，钓鱼城军民同仇敌忾、宁为玉碎不为瓦全的精神与大智大勇的表现的确令人景仰，为了激励后人忠勇奉国，加之当前注重旅游开发，故事越讲越精彩是自然的。

80年代初上大学时曾到潘君家小住并一起登临过钓鱼城。记忆中山上虽古朴葱郁，但显得苍凉破败，残存的石头城墙斑驳陆离，废弃的场坝井塘荒芜杂乱，茂密的森林灌木暗藏肃杀之气。那时对发生在钓鱼城的故事没甚上心，后来又去过两次，山上已逐渐兴旺起来，遗址和配套建筑乃至广场道路等修缮得越来越有型，不过仍管理简单，门票便宜，汽车可以直接开到山顶。这回一抵山门，就看见创建国家5A级风景名胜区的赫然标语，就听见申报世界非物质文化遗产的信心，就得停车购票，然后乘景区电瓶车上山，就一路震惊环境打造的精致、城墙楼台等景物的巍峨规整，以及各类建筑展厅的昂扬生气。

钓鱼城景区的文化内涵确实丰富，除了其作为古战场遗址（已成为国家军事博物馆仅存的两处遗址模型之一）外，还有若干值得游览的人文自然景观：有富有想象力的神话故事，相传山顶钓鱼台得名于远古时三江泛滥，天降巨神于此持竿长钓，以鲜鱼拯救灾民；有栩栩如生的宗教法物塑像，那“一卧千古”、身长11米、全国独一无二的唐代悬空睡佛仍口吐莲花，护国门洞里的三清大师雕像虽被“文革”时期毁坏头脸，依旧神韵不减；有声名远播、数毁数建、不失庄严神圣的护国寺与忠义祠；有笔力深厚的摩崖石刻及古碑今书若干，包括蒋介石所书之“坚苦卓绝”（据说“坚”字应为“艰”，蒋为褒赞当年守将王坚而故为）。此外，整个山野风光可谓不逊蜀汉，冠绝巴渝，其天梯之险、雄关之固、石城之奇与岩壁之峻、黄桷之盛、林泉之幽，堪称和谐完美。而登

高抚远，则更加让人浮想联翩，心旷神怡！正是，钓鱼台上望三江，原野无垠点翠黄，艄公号子随浪去，思过巴渝到荆湘。

此时，夕阳正穿过丛林洒下道道金光，鸟儿更加欢快地鸣叫，潘君提醒大家该返程赴宴了。风光正好时兴未尽而归，总有些依依不舍。突然明白，任何地方，若无令人牵挂的朋友在那里，也就只有兴趣去一两次；任何旅行，若无趣味相投的朋友同行，也会索然寡味。于是乎加快了脚步，兴高采烈地踩着清凉的碎影离开了钓鱼城。

2018年4月21日于贵阳

风拂野鹿寄馨香

初夏时的黔北正逢雨季，从贵阳驱车两个多小时高速和几十公里县乡公路后，终于跃上了海拔1200多米的野鹿盖峰顶。野鹿盖得名于其山势像头野鹿，地跨凤冈、正安交界处，据说天气特别晴朗时能看到梵净山。此时骤雨初歇，青翠的山峦间升起缓缓白雾，形态优雅的桂花树与随山势起伏的茶垄若隐若现，朦胧迷人。雨后的水露打湿了裤脚，却没有往常的泥泞，行走在铺就不久的软硬适度的沥青山路上，四野格外清幽静谧。刚采过春茶的茶树又冒出了许多翠芽，吸吮着清新入脾的金银花香站在山巅，眺望远处山脚下的村庄，有种飘飘欲仙的感觉。

记不清多少次登上野鹿盖了，峰顶十年前来看望老陈哥时种下的松树已有两丈来高，蔚然成林，想起当年在光秃的山头忘情挖坑栽树的情景，不由得感慨万千。初次来访的朋友却惊诧地发现，脚下的茶圃有些低矮朴实，且垄间杂草丛生，完全不像其他茶海那么丰润挺拔、纵横交错、修剪有致，与声名鹊起的野鹿盖茶感觉难以匹配。

围坐在山间棚屋里火炉旁吃饭时，面对这个疑问，老陈哥开始一如既往地侃侃谈起了他的茶经。我知道他，一个西南交大毕业的工科生，在工商领域摔打几十年后，一个偶然的机会邂逅了这片富含锌硒的土地，同时愤恨坊间桌上无好茶，便毅然决然地来到凤冈种茶，转眼13年矣！我猜到他会说，他种的是最干净、最环保、最健康有机的茶，他的茶园不施化肥农药，不用任何除草剂与助长剂，今日却听他振聋发聩地说有机不仅是绿色无污染，还应让多种生物——包括蚯蚓和各种花鸟虫草自然生死循环，形成天然生物链，怪不得他的茶场有自然之风韵、山野之灵性。我了解他的理想是让野鹿盖茶成为茶中茅台、地道奢侈品，

▼野鹿盖峰顶阚沧桑

故坚持自己种茶采茶制茶，绝不搞收购加工，严格控制整个生产流程，并且事必躬亲，绝不假手于人。

回忆起第一次登上此山时，看峰峦，千亩山地人迹罕至，荒芜杂乱，没有几株像样的树木，仿佛被大群动物洗劫过的牧场。但“陈老伯来到野鹿盖，这里的农民真勤快”的标语与刚搭建的工棚格外生动惹眼，令人感动。此后我几乎年年都来，年年在变样，如今触目处满山葱茏，溪流潺潺，花果飘香，茶韵清凉，不时还有远道游客登高览胜。

老陈哥在凤冈有3000亩茶园，分散在野鹿盖和麻窝等处，十多年来他像一头不知疲倦的老牛默默耕耘着，几千万积蓄陆续投进了这块土地，至今仍未赚钱。所有关心的人都在为他着急，他却气定神闲、不慌不忙，仿佛在忘我地雕刻着一件精致的作品。但当朋友们企图说服他改

▼昔日荒芜峰岭野，如今葱茏靠耕耘。

变一下经营策略，尤其是营销手段时，他便会急得面红耳赤地喋喋不休申辩，他坚信自己只要凭良心种茶，早晚都会得到市场和消费者的认可。写到这里，笔者一定要郑重其事地告诉大家，迄今为止，但凡喝过野鹿盖茶的人，无不称赞其品质纯正、色韵优渥、气味隽永，并都把其奉为上品。可是，除了凤冈、遵义、贵阳各有一个零售店外，几乎见不到野鹿盖茶的广告与任何推销，绝大部分销售竟然是依靠口口相传，客户们多是直接联系公司购买。老陈哥说他的茶成本高，价格自然高，是好土地和茶农的血汗凝就的价值，如果靠规模和营销就没法保持其完全有机品质，所以只有咬牙坚持，等待市场的认可，这才是奢侈品牌成就之道。我每次都是半信半疑地听其布道，看到他渐显疲惫的孤独身躯和稀疏花白的头顶，看到他简朴的衣食和单调的生活，毕竟年近古稀了，钦佩之下又岂能不担忧啊。

午后大家来到野鹿盖公司的老厂崇新茶厂，一进大门，20世纪50年代毛主席褒扬当地合作化运动的一段文字扑面而来，墙背面是醒目的语录“团结起来争取更大的胜利”，对面戏台两边柱子上“大海航行靠舵手，干革命靠毛泽东思想”的标语十分抢眼，院子一边是厂房，一边是一排当年知青住过现作为办公室的平层瓦房。看得出这个院落很有历史，原是生产大队队部，到处充斥着“革命年代”的气息，老陈哥精心地把原貌保留下来并粉刷一新，联想到他曾谈到过如何调动农民的发展积极性和怎样帮助农民脱贫致富，个中深意让人深思。

坐在院子里日渐高大的红豆杉树下，目睹年轻的女茶师娴熟地泡出清香四溢的明前绿茶，以及汤色金黄的野鹿红茶，无论是轻轻吸吮还是顺口一咽，那浸润的甘爽和悠长的回味顿时让人身心愉悦，有此好景美茶，夫复何求！这时，老陈哥则抽空给他的员工（都是当地农民）交代着各种事宜，看到他与员工之间的那份亲和，回想着一路走来，他与当地村干和老农情真意切的交往，以及谈茶论道中流露出的对土地的那份热爱，我突然悟到：这个陕西农民的后代，基因里那份顽强的耕作细胞，使他年过半百后终于摆脱了繁华都市的纷扰，找到了最自在的生活方式，他已经不再被城市和市场的浮躁所束缚，在静心地、耐心地、日复一日地用心血和智慧种制野鹿茶，并于其中升华了自己的魂灵和生命价值。对！他是有理想有追求的工匠，他是快乐充实的老农，他是让人敬佩的企业家！

本文2018年5月16日刊载于《贵州日报·文艺评论》

访世界文化遗产——花山岩画

2018年在广西考察第10天，始闻花山岩画——去岁曾看过贺兰山岩画，那是万年前古迹，花山岩画仅2500年上下，怎会成为世界文化遗产？于是存疑挟兴往观。

虽地处岭南腹地，毕竟已属深冬，加之气温骤降，天阴欲雨，四野显得暗淡，即便仍开有朱樱花和美人蕉等花卉，也抖抖瑟瑟的缺乏生气。出宁明县城十几公里，到达越南流入的左江支流之明江一渡口，便舍车登船。舟船沿江而下，站在甲板上，尽管裹紧了大衣，冷风仍肆虐地往身体里钻。主人热情而喋喋不休地介绍着两岸的景致，无非八骏山、美人岭、神鹰展翅之类，典型的喀斯特地貌特征，与贵州大同小异。出于礼貌和尊重，我们应景似的东拍拍，西问问，便也慢慢忘却了寒冷。

▼桂南风光秀，远处藏深情。

约一个时辰，江流即将拐一个90度急弯时，船靠岸了。这是一片开阔的盆地，两岸茂林修竹，清秀隐逸，抬眼间一个小村庄若隐若现。不远的江岸边是一排拔地而起的断岩山，山势陡峭，但郁郁葱葱。临江一面有国画般点染留白的石壁，被苍翠的山脊镶嵌着，格外显眼。陪同的专家说，那里就是花山岩画的核心部位。

登岸后，行数百米，沿途渐有宣传栏和雕塑之类。来不及欣赏两边静秀的田园风光，怀着越来越迫不及待的心情，我们从山脚拐到了石壁前面。仰首望去，哇！所有的人都震惊了：巨大的石壁上铺满着栩栩如生的赭红色壁画，那么鲜艳，那么灵动，那么壮观！鲜艳得殷红乍目，演绎着远古的浪漫和血性；灵动得呼之欲出，先人们犹然滥觞其中；壮观得震人心魄，那是怎样的旷世艺术啊！

专家说，经过十多年努力，花山岩画终于在2016年7月16日伊斯坦布尔第40届世界遗产大会上申遗成功。遗产形成于战国前后，地处广西崇左市左江流域，与其依存的山体、河流、台地共同构成壮丽的文化景观。其地点分布之广、作画难度之大、画面之雄伟壮观，为国内外罕见，具有很强的艺术内涵和重要的考古科研价值。遗产把景观、岩画与中国南方壮族先民骆越人生动而丰富的社会生活融合在一起所显示的独特性，填补了中国岩画类世遗项目的空白。

“初识壁画认前朝，色自丹丹迹未凋。”眼前的花山作为遗产的核心部分的确是雄伟壮丽、动人心魄啊！整个画面宽170余米，高达50米，面积有8000多平方米，如今大部分图像仍然十分清晰。图像有若干组，每组以裸体跣足的人像为主体，似载歌载舞，又似行操舞拳，间杂着马、狗、铜鼓、刀剑、太阳等图像，皆围绕着腰挂刀剑、头戴装饰，配有坐骑的数米高威风凛凛的巨人。花山岩画堪称世界上规模最大的古

▼背花山岩画，感人世浮槎。

代岩画，其整体规模、单体气势、个体造型是其他岩画难出其右的，尤其是“剪影”般的艺术效果，寥寥数笔勾勒出粗犷的外貌及活跃的动感，具有极强的艺术感染力，是壮民族先民绘画艺术的不朽杰作及传承基础。

据说申遗讨论时，国际大师们曾提出其考古研究不够深透的问题，如岩画究竟反映的是什么场景，宗教祭祀？丰收庆典？胜利狂欢？岩画位置这么高，是怎样画上去的？涂料究竟是什么（检验有赤铁矿和粘胶），怎样制作的？我倒是以为，最重要的是岩画的文化内涵，它一定反映了古代百越人的精神与物质生活风貌，有人按照图画上的动作复制，竟然和至今流传的花山拳高度相似。遗憾的是那时中原已有文字，而此处未题只字，莫非当时南越人还没有文字？但书画语言已经表明具有了相当高的文明程度。至于涂料和怎样画上去，聪慧的古人自有办法，正如《人类简史》所说，就整体来说我们科技进步很大，但就个体而言古人比我们聪明能干得多。专家们的另一个担忧是岩画的保护，是啊，2000多年风雨侵蚀，很多壁画现已模糊不清。不过当我们看到那些措辞严厉的村规民约，以及敬重神明的壮族同胞虔诚的表情时，也释怀了不少。

返程中，沿江许多地方正在施工，一问得知是在进行夜游景观打造，准备今年五一时举办大型旅游推介活动，心里不禁咯噔一下，顿时紧张起来。可不是吗，几乎所有世间仙境与人文景观，但凡进入商业开发，便很难再保留原本的面目，留下无比的遗憾。但愿已上升到治国高度的生态文明建设理念能够扭转这个局面。此时路过一棵高大的龙眼树——据说已有上千年，树干上长了不少灵芝类菌子，旁边几棵冠盖硕大的古榕树枝繁叶茂，周遭散布着一丛丛婆娑入云的桂竹，水光中传来渔夫悠远的歌声……于是联想到古骆越人那疏食遨游、其乐融融的群居生活，难道我们真的比他们过得快乐幸福吗？该不会是神灵注体的骆越王和先知们，在用这呼之欲出的壁画告诉后人什么东西？是啊，人在大自然面前是如此渺小，但生生不息的人类创造的文化是这个世界最大的发明，她能让与天地和谐共存的人类精神永恒，那不就是上帝吗！

当夜难眠。

2018年1月12日于筑城，刊于《广西日报》

敦煌莫高窟一瞥

河西本是桑梓地，丝路阳光汉鼓敲。

2018年夏天，退休后约上几个朋友自驾游，终于得了心愿——第一次踏上了丝绸之路。从青海湖畔翻越祁连山，沿途参观了张掖五彩丹霞，游览了鸣沙山月牙泉，拜谒了嘉峪关、阳关、玉门关后，即风尘仆仆赶往慕名已久的敦煌。

从嘉峪关到敦煌近300公里，沿途多是平坦的沙洲，正在吟诗感慨“出门日照漠无边，漫卷黄沙转眼间。风透薄衫沙入口，昔人西去奈何天”，西边已有许多建筑不时出现，尤其是排列整齐、高耸入云的风电设施，在阳光下是那样俊美、耀眼、现代，与传说中的荒漠居然近在咫尺。从路标上看，敦煌快到了。

穿过敦煌市区，飞天仙女反弹琵琶的巨大雕塑跃入眼帘，这个最具标志性的造型很多地方都有，在这里看到顿觉格外惹眼和亲切，脑子里突然冒出一个奇怪念头：作为敦煌市的标志，应该只允许这个地方拥有才对啊。

我们的目的当然是直奔最有魅力的莫高窟——这个仰慕已久的历史名迹。莫高窟出于容纳量，尤其是保护文物的考虑，每天只接纳6000人，所以旺季只能在网上或用其他方式订票，否则撞过来也进不去。我们已提前购过票，到后即激动地按约定时间早早去排队，赶到那里时却已经人拥如潮了。不过景区管理有条不紊，游客即便很多，也能井井有条地分组进行参观。按照安排，先要看两部介绍莫高窟历史和艺术价值的数字电影，让你在震撼和感动中走进千古独绝的千佛窟。

莫高窟共有700多个洞窑，留有各类精美雕塑和壁画的就有400多个，自然是只能代表性地浏览。由于要分散游人，故每个组参观的石窟不尽相同，没有特殊待遇，我们不得不在导游的带领下根据游客流动情况错峰选择7~8个洞窟参观，好在导游会尽量带你参观南北朝以来不同时期具有代表性的石窟。据说96窟那尊开凿于初唐的35.5米高的弥勒佛像，与158窟开凿于中唐的睡佛像具有很高的艺术价值，是必须参观的。但平心而论，只能走马观花的我，则更喜欢那些有着精美壁画和记载着感人故事的洞窑，这些壁画线条之精湛，布局和色彩搭配之完美，尤其是经久弥新的色泽与栩栩如生的表现力，无不令人叹为观止。跟随着导游和人群，一边欣赏一边遐想：千年以前的古人们为什么会花费那么大的人力物力来创作这些传世作品？是什么力量支撑他们在当时当地艰苦的生活条件下毕生钟情于佛国艺术，他们哪来这样执着的精神追求？——正是这一无形的动力促成一代代的华夏人造就了完美的惊世瑰宝！遗憾的是为了更好地保护这些珍贵文物，人流不允许过久停留，所有洞穴也禁止拍照，因而只能把完美印象留在泛泛的记忆里。

莫高窟的存世价值，学者们已有太多的研究成果，作为保留了1000多年（最早的已接近2000年）的文物、精彩地再现了古代大西北的宗教、政治、文化、风俗等，无论是雕像，还是壁画，甚至简单的洞窑建筑，无不达到非凡的艺术高度，震撼着所有来访者。

参观结束后心绪仍然久久不能平静，我们又围绕着景区外围拍了很多照，才依依不舍地离开。此时已近黄昏，意犹未尽中我们随便找了一家饭馆，草草果腹后又兴致勃勃赶去观看王潮歌导演的著名室内情景剧《又见敦煌》。好像从他与张艺谋导演出《印象刘三姐》《印象丽江》等大

型情景剧之后，国内就刮起了一阵风，很多五星旅游景区都要拍摄出招揽游客的一台演出或剧目，似乎已成为标配。开始很新鲜，看多了慢慢便有了鸡肋的感觉，食之寡味，弃之可惜。谁知抱着这样的心理入场后，很快便庆幸没有犯经验主义错误。这场演出真是很特别，大家被带进黑洞洞的演出大厅后，在神秘悠远的音乐和变幻莫测的灯光下，演出骤然开始。大厅中间和四面都设计了能够升降的舞台，中间凸出着犹如时装走秀的T台，四面则是模仿莫高窟洞窑的大剖面，身边还不时冒出一些小舞台和道具，表演时观众和演员几乎混在一起，让你有种强烈的参与感和穿越感。整个剧情从王道士卖经书开始，通过一系列历史人物穿梭演绎出敦煌的历史及若干可歌可泣的故事：看到张骞走来，连问五句“这是敦煌吗”，联想到开拓西域的故事怎不动容；看到西晋索靖将军、唐朝河西节度使张仪潮等一系列历史人物带出的敦煌历史，更觉心潮汹涌；看到从高壁上探身而出的菩萨对后人表达出的佛性宽容，心中不由得五味杂陈……

边走边看，一会儿步入了另一个别具一格的舞台场景，观众被分割到小隔间里，从上往下通过玻璃顶窗观看一个个埋藏在远古风尘里的情景演绎，这些小故事从世俗的角度介绍了许多发生在敦煌历史上的点点滴滴，故事里多是有着七情六欲的小老百姓。然而这些故事，大多是通过洋考古师门“买”到境外的宝贵文物史料里记载的，比如，其中演绎的一个妻子写给远在战场的丈夫的信，这封信没能到达丈夫手里，却在千年后收藏进了大英博物馆，实在叫人伤感。

整部剧最打动我的还是最后那首黄绮珊主唱的歌《千年一瞬间》，是啊，千年就是一瞬间，即回眸一转眼。回顾历史是这样，那么未来呢？目睹眼前栩栩如生却也在逐渐模糊的壁画，更让人感叹世事沧桑！演出中深沉的画外音传来，这些精美的杰作早晚也要消失，莫高窟最终将完全被尘封在黄沙之下，多么沉重的话题呀，有点写不下去了，就此罢笔吧！

2018年8月30日 于敦煌

西域魅影新疆秋

2018年8月31日，一个天高日丽、旷野风疾的秋日，我们兴致勃勃地自驾着丰田吉普穿越河西走廊，跨进了新疆的东大门——哈密。

东疆秀色天山哺

昨晚由于太过兴奋，大家都有点喝高了，今天车开得有点慢，更重要的原因是新疆的严格管制。一进疆，高速路入口就开始查验身份证，查车载物品，还要求把行李箱拿下来过安检。此后在疆任何地方进酒店、饭店、商店等都要查验身份证，而且每个地方都有身着迷彩服或老式警服的保安执勤，有的甚至身着防爆服，且荷枪实弹，一副严阵以待的状态。事前虽已知道新疆不比内地，然一旦面临，还是有些忐忑不习惯。好在酒店服务员说这里的治安很好，几天后我们就有了明显感受。

第一次来到新疆，心情十分激动，一入哈密大家就情不自禁地哼起了新疆曲调。得到朋友的指点，首站来到奇台县境内的江布拉克景区。这是天山脚下一个非常美丽的地方，远远望去，云飘玉带，雪山映照在阳光下格外醒目，山下是碧绿的草原，点缀着处处村庄。还在远处我们早按捺不住，一看时间已过正午，索性匆匆泡碗方便面，狼吞虎咽后即赶往景区。这个天山脚下美丽的高原景色太漂亮了，怎么形容都不过分，来不及细细品味，只有和所有旅行者一样端起照相机一通狂拍。游客虽然不算很多，但适宜拍照的角度都挤得满满的，其实国内几乎所有的景点都是这样。于是我干脆抓紧拍几个镜头，然后爬上最高的观景台，去欣赏

▼壮美的安集海大峡谷

这如梦如幻的美景，眼里满是那雪山，那高原，那郁郁葱葱的森林，那锦毯般对比强烈的大块秋山色调，以及顺峡谷而泻的河流，还有山谷里阳光下耀眼的帐篷和逆光中缓缓而动的羊群，真真让人不忍离去。

此后前往乌鲁木齐途中，很长一段路都是沿着天山麓往西走。天山是新疆的象征，也是新疆的脊梁，它横亘在新疆中部成为划分南北疆的地理中轴标志，由于天气在不停地变幻，遥远的天山更显得气象万千，仿佛告诉人们它就是一个百变仙娘。

赶到乌鲁木齐已是下午，越走近乌市，感觉道路两边人气也越旺，没有远离中原的沧桑感，倒像越来越接近自己的家乡，毕竟是到了自治区首府。入住后赶忙打车去参观了新疆历史文化博物馆，这是我的一个习惯，到哪里都争取参观博物馆，以了解当地的历史文化渊源，有此基础，随后的参观旅游感觉会大不一样。在新疆博物馆，看到新疆历史竟然还那么悠久，五万年前就是早期智人的栖息地，从通天洞遗址到尼雅遗址，证明了石器时代以来，那里一点不比世界其他地方文明落后，只是由于气候变迁，这样一块欧亚大陆的连接地竟然在几千年前成为难以逾越的荒漠，后来依靠丝绸之路才逐渐爬回历史的舞台。

乌鲁木齐大巴扎（商品市场）虽然管理很严，仍然十分热闹，已成为来疆旅游的重要项目，里面卖的东西以新疆和中亚地区商品工艺品为主，西域风味的丝巾、披肩、香料、波斯毯、玉石、花瓶等，琳琅满目，不一而足，看得人眼花缭乱，反而有了选择性困难，想买点东西做纪念却老是下不了手，幸好我老婆过来出差，一起感受了这一切，恐怕也是一种购物现象吧。

游览天山天池是必需的项目，但老天不作美，早上出门时已阴云密布，到了山下气温骤降，天阴风冷雾浓，不得不买一件绒衣套上。乘观光车盘旋而上20余公里，从海拔500米升到2000米，视线越来越浅，雾也越来越浓。

到了天池，能见度只有十来米，四外唯余茫茫，但游客依然不少，不少游人只能排着队去刻有“天池”的景观石前轮流合影，留下到此一游的证据。

此时我路过景区里一个棚屋，看到墙上那么多拍摄得美轮美奂的天池摄影图片，惊羡之余翻拍了几张反映天池春夏秋冬的佳作发进几个朋友圈，引来了阵阵赞叹，于是心中释然，开始仔细欣赏雾中的独特景色。

独库公路色满途

早就听说过纵贯南北疆、跨越天山的独库公路不仅自身风光旖旎，还串起好几个绝色景区，故被誉为最美景观大道。但由于公路险峻以及气候原因，一年只有不到一半时间开放，我们恰好幸运地赶上了。一路跑下来，的确是美不胜收，一路上看不尽的万般景色，既有雄奇险峻，又有苍山秀林，既有荒蛮彪悍，也有清丽脱俗，雪山、草原、锦坡，森林、瀑布、湍流，应有尽有，不一而足。本来秋天给人的印象是金黄绮丽，这里的秋色却是金黄中带着厚重，绮丽里寓含沧桑。据说现在还不是秋色绝美的时候，恐怕只有当地人才能看到最好最属于这里的秋色，但他们又随时都可能遭遇暴雨、大雪与山体滑坡，天堂与地狱呀总是紧紧挨在一起，据说我们来的前几天就发生了地质灾难被封过一回路。看着沿途的险峻，怪不得始终不让大车经过，以免带来安全问题，所以旅行团根本来不了，只有自驾并且勇敢的人才寻找机会饱览这世外仙境，真是幸之至也。

第一天上路就跑到晚上9时方赶到一家山庄住宿，这个山野之店虽然环境条件不错，价格却很高，且房间里设施比较简单，店主人说他是库尔勒来开店的，这里到库尔勒还有八小时的车路，一年只有三个月左右来这里营业，正应了“磨刀九个月，宰客三个月”的说法。不过依然不能减损我们刚被撩起的兴致，大家在推杯换盏后沉沉睡去，期待更好的明天。

一路景点甚多，择几处记忆深刻的说说。巴音布鲁克草原，据说此处最著名的景点是开都河“九曲十八弯”，为摄影爱好者拍日落的胜地，很多游客都是奔此而来，我们岂能例外？于是刻意美美地睡一个午

▼ 九曲十八弯，盛景缀天冠。

觉，下午4时30分才购票开车进景区。站在观景台上，望着一望无际的草原，数不清的牛羊在悠闲地吃草踱步，有的还嬉闹，在斜阳的映照下那么生机盎然，美丽动人。尤其是像哈达一样飘逸的九曲萦绕河流泛着波光，与天上绚丽的云彩相互映衬，旁边一位姑娘突然失声惊呼“我简直完全没有抵抗力了”，更让所有人动容。景区到处挂着摄影师们拍摄的巴音布鲁克风光图片，一张张美得惊人，尤其是九曲河的日落——每年中秋前后有几天落日正好倒映在开都河里，于是镜头里会同时出现九个太阳，旁边有游客说来了多次也没有看到。我们一直等到晚上7时30分，感觉西边天缘已雨雾蒙蒙，拍到清晰日落的希望十分渺茫，只好悻悻归去。

离开开都河，返回独库公路来到闻名遐迩的那拉提草原，这是一个五星级景区。也许是审美疲劳，感觉这里的草原风貌与见过的大体差不多，不过这里显然开发较早，各种配套设施十分完善，有点特色的是宽阔的草原颇有浓烈的俄罗斯风味，亦如印象中看到过的许多高加索油画，都是一望无际（不排除远处有山脉）的草原，金黄的草垛堆得老高，农牧民们拉着板车在草甸上行走，旁边是成群的牛羊，一派金秋怡人景象。

旅游若离开了人文，再好的风光也会乏味！在喀拉峻景区，我们的游乐情绪算是达到了高潮。开始由于导航的贻误，傍晚时分我们才赶到景区。先坐了一段车，再乘船穿过一片宁静的水域，又换乘电瓶车在起伏的山路上颠簸了五公里，天擦黑时终于赶到了预订入住的哈萨克毡房，属景区所谓的生态园。几十座雪白毡房正好点缀在山岭下面一条清亮的河流边，且被大块金色的麦田簇拥着，韵味十足。更有趣的是刚进景区时遇到的几个哈萨克与维吾尔姑娘小伙（景区工作人员），与我们同行过来已经熟悉了，一路上他们充满活力的嘻哈打笑感染着我们，入住后又热情地为我们张罗着食宿，我们便邀请他们一起吃饭，喝带去的贵州酒。坐在宽敞的毡棚里，大家开心地碰杯聊天，一个帅气的哈萨克小伙子声情并茂地唱起了哈萨克情歌《等我》，一位漂亮的维吾尔小姑娘应邀翩翩起舞，姿态优美动人，唱得很好，我们几个很快入戏了，也都不由得跟着拍打并激动起来。是夜，月明星稀，通透清爽的山野格外迷人。

喀拉峻是一个高山、峡谷、河流兼有的草场，目前只是三星级景区，名气远逊那拉提，却正好成为优点——景区里面很清静，反而能够尽情欣赏大自然的鬼斧神工。

第二天清早起来，走出毡房，玄月还挂在天上，尽管睡意惺忪，我

们强撑着开始了一天的游览。先是乘车直奔山顶拍日出，遗憾的是恰逢多云天气，阳光忽有忽无，弱弱地照在起伏蜿蜒的山原上，使原本十分迷人的景色大打折扣。

直到快10时，太阳才从云层中突然破雾而出，景色顿时大美起来，真是再好的景色也离不开阳光啊！在一个被称为鳄鱼咀的峡谷里，看到了最曲折优美的水湾和岸渚；而更吸引人的是被誉为人体草原的黄金山原，那美妙绝伦的人体曲线在阳光的侧影中栩栩如生，我们陶醉在美景中，仿佛忘记了一切，左一个角度右一个角度地拍照录像，直到旭日当空才依依不舍地离开。

其实能够穿越独库公路已十分不易，从乌鲁木齐出来时我们首站造访了安集海大峡谷，那真是令人震惊不已的地方，几十平方公里的景区犹如一个世纪战场，从悬崖顶上望去，一道道纵横交错的深沟里烟雾缭绕，很多大货车沿着陡峭的山路在抢运货物，远处还能看见枯萎的河床以及涓涓细流。

景区荒凉震撼且没有人管理，于是游客都很放纵自己。我们到风光最美处拍照，有时恨不得走到深坑边缘上——突然想起这么陡峭的山岩与峡壁，竟然都是沙土而不是石头，于是猛然吓出一身冷汗，赶紧把拿着相机伸出去的手缩回来。离开安集海后快赶了300多公里，匆忙吃完午饭后才开始驰行于独库公路。

这真是中国最美的地方，20世纪80年代建成，堪称中国公路史上的壮歌，仅建筑过程中就有168名战士牺牲并长眠在这里，所以既是一条景观路，也是一条英雄路！更重要的是它宛若天仙，把横亘在新疆大地上的天山、南山连接了起来，如果没有这条路，以前分居两边的准噶尔盆地和柴达木盆地之间要增加500多公里连接路程，所以这条公路还是新疆和平稳定发展的一条重要纽带。于是，我们在烈士纪念碑前虔诚地购买了花篮，用心地磕头献了花。

秋袭北疆风韵殊

离开独库公路后我们抓紧赶往北疆。驱车400多公里后，来到了著名景点赛里木湖。这又是一个高原湖泊，别名“净水”，又称“大西洋最后一滴眼泪”，据说是大西洋暖流正好能到达这里。我等没有计算过，想想应该是相隔了数千公里，大自然的神奇玄妙可想而知。由于成天不是赶路就是观景实在是没有时间细细研究消化沿途美景的来龙去脉，只是走啊走、看啊看，玩得不亦乐乎。但不把瞬间的感受记录下来，日后更没法描述。新疆的地理位置决定了总是傍晚时间八九时才日落，故我们都是拼命赶路，打算在下午6时到达景区，从而去抓拍日落倩影。想来也奇怪，夕阳即将逝去，却饱含着最动人的色泽，人生如云，却格外珍惜这夕阳时光，也许是上帝最后的施舍吧！

从赛里木湖驱驰600公里到达阿勒泰鬼城，本来长途开车几个人轮流自驾很愉快，尤其在同伴开车时可以安静地欣赏高原风光，回忆昨日美景，体验眼下感受。但这天由于车里缺油，沿途几十公里找不到加油站——遇到两个加油站都因为缺油或安全整改加不到油，于是不得不逆行几十公里，到支线上去加油。还有就是中午几乎找不到吃饭的地方，在奎屯下高速找饭馆，又耽搁了近一小时，才在一条小路边找到一家四川人开的快餐店吃了一碗馄饨。由此在阿勒泰鬼城便甚觉无味，那些奇形怪状的土疙瘩让人觉得来到了地球荒凉的末日边缘……

从魔鬼城北上400多公里后，我们终于喘口气到达了中国西北最顶端，此行的最佳目的地——中俄交界处的禾木村，这里属于阿勒泰地区布尔津县下辖，隶属闻名遐迩的喀纳斯风景名胜区。由于住在景区带着行李不方便，于是通过自治区朋友介绍，景区小刘开车接我们进去，殊不知从大门进去还跑了30多公里，一路上倒是风光奇特、胜境绵延。据小刘介绍景区有100多平方公里，属典型的俄罗斯高山平原风景，境内不仅有风光闻名遐迩的禾木村，而且更著名的是流经喀纳斯的额尔齐斯河竟然北上哈萨克斯坦，然后进入了北冰洋，是阿尔泰山以南一条水量最为充沛的河流。也正是在往返路过布尔津额尔齐斯河时，我们两次坐在河边，用自带的辣椒粉蘸着河里打来的烤狗鱼吃，甭说多少钱，那快乐的滋味至今还难忘嘞。

到禾木村时，天上飘着毛毛雨。原本想傍晚赶到这里拍拍夕阳下的秋色，结果雨滴滴答答下个不停，大家都冷得马上穿起了冬衣。禾木村由于崇尚旅游，基本上家家户户都成了乡村旅店，不过雪凝固在峰顶，下面是由绿转黄的树林尤其是白桦林，金黄的树叶与花白的树林呼应着，再下面是一幢幢小木屋，风光自然格外醉人。

紧张入住后，热腾腾的山区饭菜，尤其是刚从羊肚子里挤出的奶，让我们格外兴奋，马上进入了餐饮时刻。我们在入住的乡村旅店里喝着自带的小酒，隔空望着云雾缥缈的远山，开心地等待着太阳出来……

正愉快地喝着，突然发现天晴了，对面山岚放射出道道金光，十分养眼。我们急忙收场出去拍照，那真是一个难得的境遇，只见天边撕破了一块乌云，霞光浸散出来，映照着前面的雪山和山下的别致民居，格外明快动人；尤其是水泽倒映出梦幻般的光泽，把一栋栋小木屋晃悠得兴高采烈。大家拍照后又来到朋友介绍的“狐狸画室”，见到了优雅的著名画家段老师，她一个北京人，竟然在这么荒僻的山上开了一间孤独书院。我们在书院里观赏了好久，布置得非常有品位，她的画作里既有法国印象派大师笔下重色调的情怀，也有俄罗斯乡野画师明快色彩加超自然风情。她画的是油画，再携山乡之幽微，画出来的画作居然能一卖而光。其实，一个搞艺术的人混迹于神秘的山水之中，能依靠职业和本能制作出富有生命力的作品，怎么都让人羡慕。然而有时候更佩服她的任性与执着，可怜我既像一个文人，也像一个官吏，常常顾此失彼，有我无他，也就是一个庸碌的人而已。

沉湎的夜里不知不觉又下了一场大雨，原以为次晨会阳光灿烂，因而一大早便气喘吁吁地爬上山，欲抢拍禾木村晨雾缭绕的早景，但还是遗憾了——太阳一直躲藏在远山乌云后面，山峦间虽雾气重重，摄影最佳地点却站满了人，还是无缘旅游宣传画册渲染的存在。其实我内心是蓬勃也无奈的，往往是先看到摄影大师创作的作品，然后摄影爱好者前仆后继地跟来，开始还能出奇制胜拍出不同角度、光彩、色温下的美图，久而久之，便几乎所有资源都已用尽，再来此地搞什么“创作”，能有好的作品吗？想到此心里便释然了。

不管怎样，禾木村仍旧是中国最具有西伯利亚风光的地方。有清澈动人的流水，雪白无垠的雪山，以及一幢幢小木屋点缀的图瓦人村庄。山原里的树林虽然还没有被秋色染透，但碧绿幽深的山野上已夹杂着枝叶渐黄的林木，有点含羞脉脉的感觉，秋色毕竟是越黄越震撼啊。

好在下午我们进入喀纳斯景区时，太阳驱走了乌云，一切都变得美好，那么艳光四射，尤其是跑上“观鱼台”，这是展区里最好的观景台，能够俯瞰喀纳斯湖和两面斜矗的雪山，翡翠色的湖水映照着千里帝疆阳光皑皑的雪峰，以及雪峰下那姹紫嫣红的草原，铺天盖地的景色美艳得让人彻底丧失了抵抗力。我们一路攀登观景台，一路拍摄美景，直接忘却了烈日和疲劳。路上不时有游人说，景色太美了，根本就不想回去！其实最美的景色都是心理情结的反射，没有好的风景，又怎能调动起内心的感动呢？

又一次夜宿景区，虽然景区旅店条件差，饮食也好不到哪里去，但当地农牧民就等这个时候赚钱啊，何况真正的美也许还在后头。

终于轮到了喀纳斯的清晨，我们早早起来去赶景区观光车。结果7时30分不到，不讲规矩的游客们纷纷抢车座，搞得我快8时30分才上车，不由得想起去国外经常因为中国游客没有养成好习惯，喜欢投机取巧被诟病的事。一个国家、民族的强大，不仅仅是经济、科技、金融实力等要上去，更重要的是民族的文明和自信，否则再有钱也不过像一群土包子，在先进文明社会里是不会受到尊重的。也许心理的失落影响了天神，大家匆匆忙忙赶到三湾——景区著名的神仙湾、月亮湾、卧龙湾时，眼前仍是白茫茫一片。厚重的白雾从峡谷水面升起，遮蔽四野，十米之外几乎什么都看不见。

神奇的山峦虽然阳光还拥抱着雪峰，但云彩以下大部分山体，尤其是美丽的喀纳斯河谷被灰蒙蒙的面纱遮掩着。我们只得聪明地回到段老师的书院里享用着愉快的西式早餐，一会儿小刘师傅兴致勃勃地驾车把我们又送回到三湾，这时阳光已驱散了浓雾，翡翠色的河水搭配着碧绿且带有金翠色的山体，喀纳斯河谷优美的身姿宛若刚出浴的少女，迷死人了！河湾两边的冲积地上，不时有牧民的毡房以及悄悄享用着秋草的牛马羊，风景更是怡然。只可惜我们来早了一周左右，否则那白桦树叶子金黄透亮时，天国的金秋美景，正好会铺垫享誉华夏的旅游胜地。

西域归路汉家途

从北疆返回，大家一合计，还没有闯进戈壁，怎能算遍览这荒漠之原呢？于是回忆起一些往事，当年差一点跟着送犯人到这里服刑，那时就想怎么会走不出这茫茫戈壁哟。

于是我们决定从准噶尔盆地东面出来绕回乌鲁木齐，一路上沙漠戈壁连片，气候又变化万千，走走停停，看不尽的原野漫漫，数不清的水

▼同行留影，兴未尽岂能还家。

远山高，可惜没有时间深入黄沙腹地，留下了很大遗憾。今天在路上搭载了一名哈萨克姑娘——幼儿园的一名员工，她告诉我们她家里是牧民，有500多只羊，50多头牛。

当天赶到了有名的五彩湾古海温泉入住，这里离乌市约200公里，感觉环境档次不够，达不到一级温泉景区水平。奇怪的是，整个温泉水里释放着一股煤烟的呛味，让人受不了。后来才知道这里是全国独有的千古温泉（大概7亿年前形成），由于地处煤海，温泉水自然别有滋味。好在刚开始整个人泡在水里还不适应，一会儿就感觉非常舒服了，这时遥望着一贫如洗的大地上散布的寥寥青烟，开始回想这里蕴藏的古往今来……

新疆旅游已到尾声，奇怪的是天气开始变好了，让人不忍离去。最后一天驾车400多公里，一会儿雨，一会儿雾，一会儿又晴了，好在两边一直是滚滚黄沙与无边戈壁。一算还有时间，我们索性绕道去参观北庭大都护府古城，几经折磨，总算了了这个心愿。为找北庭大都护府景区，导航却把我们导到遗址南门，门已被围起施工进不去。折腾一个多小时后，才打了一辆出租车找到临时开放的西门，进去后立马看到一座博物馆，随即参观了近一小时。里面有当年古城两大佛寺遗址，十分宏伟壮观，现今残存的佛像、壁画、出土文物也不少，客观地反映了当时的边远繁荣，壁画里的故事与人物，恰是盛唐遗风的生动再现。导游告诉我们，这座博物馆，不仅反映昔日中央王朝与西域密不可分的统辖关系，也展现了当年高昌、龟兹、焉耆诸地的商业生机。

北庭大都护府是唐朝初年建成的重要城池，武则天时期创建，用以管辖天山以北中原剑指之广大疆域，甚至包括了今天的俄罗斯、蒙古、中亚等国部分地区；另一处设立的安西大都护府在吐鲁番，管辖天山以南即今天的南疆地区；两大都护府是汉朝开辟西域以来，中原王朝一直没有放弃过的“辐射”。不过实际上能够掌控西域广大地方的政权只有汉唐至明清少数几个强势的王朝，而很多时期，比如两晋、南北朝、十六国、两宋时期，常常也自顾不暇，故两地往往会形成你来我往，巡回争霸状态。

不过，无论是受谁控制，毋庸置疑都被华夏文明包裹着，所以中华民族的形成，华夏文明的长盛不衰，的确是见证了新疆各少数民族与汉族同为中原王朝服务的历史。这些地方自古就与我们血肉相连了，完全是中华民族自己的血脉。就说维吾尔族吧，原先是漠北游牧民族，后来因战争往南迁移到甘新一带，在唐朝统治时大多皈依了佛门，后来大多改信了伊斯兰教。这一切，北庭大都护府的展示正在默默诉说着，我们一一记在了心里。

第一次去新疆，主要感受一是新疆并非原来想象的那么荒凉偏僻，虽然我们走到的地方只是一小部分，但沙漠与绿洲，戈壁与景区，果园与城市都同等迷人，尤其物产丰富，有的地方不仅有露天煤矿，还能一眼望见许多大型电厂，煞是壮观。二是新疆华夏文明其实既古老也发达，汉唐以来，中原农耕文明与西部游牧文明融合形成了独特而有创造力的文化，且汉族也已经成为了世代定居的新疆人。

每天坚持写一首诗，是此次出行给自己的一个约束，每天的感受不一样，心绪也随气候环境有差别，但只要坚持着，就会有思考和研究，就能够采集与创作出有趣味和意境的好诗，坚持就是学习啊，没有这样的驱动，能狂放多久呢！

最后，把那时创作的《喀纳斯暨新疆之歌》中的佳句作为此篇尾声吧：

我爱雪峰那般高洁，更爱白云如此飘逸。
我爱圣湖饱含灵性，更爱蓝天妙藏禅机。
我爱花海持续绽放，更爱霞光铺洒情义。
我爱星空弥漫联想，更爱篝火闪烁神奇。
我爱牛羊勇于牺牲，更爱姑娘春风十里。
我爱风雨偶尔娇纵，更爱烈酒总是豪气！

2018年11月

远观近觑说镇远

在中国版图的西南部，贵州东北角靠近湖湘洞庭的地方，有座中国历史文化名城叫镇远。说起镇远，但凡有点历史文化情结的文学青年（包括中老年文人），抑或热爱旅游的驴友党，定是耳熟能详的。我长期生活工作在贵州，自然也较为熟悉，虽不致如数家珍，起码也可罗列个一二三。然而最近以一个普通游人的视角去端详镇远，却又有了许多新的感受，容我慢慢道来。

冬凋殆尽，万物欲甦，初春二月一个周末，我与好友光哥共携夫人赶赴镇远，纯属私人度假性游览。以前因公务或陪同客人来过很多次，要么调研检查工作，在县城听听汇报就下基层，要么陪同参观几个主要景点，记得除了参观有“南方悬空寺”之称的青龙洞时，会边听讲解边赞叹；游览风景如画的㵲阳河时，会忘情地举起相机横拍竖拍；此外多是蜻蜓点水，浮光掠影，并未深入琢磨过镇远城的精神象征和文化内涵，这次真想近距离欣赏一下其魅力。

赶到镇远时已是下午，宁静的小城镇坐落于苍翠的群山之中，㵲阳河呈“S”形穿城而过，从高处望去与绿波牵手的古城就是一巨大的阴阳鱼，故自古便得太极城之美誉。驰入城内，清澈蜿蜒的河面盈盈生辉，久违的阳光洒在翻新的古建筑与稍显陈旧的青石板路上，暖洋洋中充满生机。我们入住了古色古香、环境幽雅的城中客栈。因时间有限，便放下行李即跟随导游从卫城来到府城，钻进了几条从未走进的巷道。

镇远城东的石屏山悬壁高耸，层峦叠嶂，气势雄伟，与㵲阳河面足有200多米高差，像巨大的天然屏障，整个府城匍匐在其脚下。山上卧

伏着比八达岭早100年的南方古长城残骸（预示着这里曾是硝烟弥漫的古战场），峰檐有一座“四官庙”——不知为何供奉白起、王翦、廉颇、李牧四位战国名将神像。沿山而下到㵲阳河边，有七八条青石条铺就的巷道蜿蜒平行，合力拥抱着一栋栋时代久远的古建筑。我们从冲子口巷进去，沿着弯弯曲曲的高大院墙拾级而上，走过一户户庭院，听导游介绍发生在这些豪门深宅里的故事，时光仿佛凝固了，倒流了……

占地近千平方米的何家大院，系明初镇远蛮夷司长官何惠的私宅，依旧是亭台楼阁围拥的四合院，依旧是体现镇远“歪门邪道”的特色建筑。大门开设在西南角上，门前磨白的青石挡户与梯坎记录着岁月的久远，狭窄的巷道可通往码头。

历朝历代不知有多少滇缅与南亚使者从山上下来穿过这些巷道往码头登舟去向中原，古代镇远“滇楚锁钥、湘黔咽喉”的重要战略地位由此可见。

有200多年历史的傅家宅院，几乎已贴在巷子尽头山岩下，登上八级半故意弄得歪斜的石门坎，精致典雅的小院立刻让人耳目一新。中堂门梁上“良弼名家”四个金箔大字扑面而来，证明主人家曾经官位显赫，据说是江西过来经商开镖局的，现今仍住着其后人。目视着院墙上的赣南浮雕，我仿佛回到了江西老宅。

融江南园林风格和苗侗干栏式吊脚楼依山而建的全家大院，传说曾是武则天时期上官仪家族后人所建。抚摸着红木门窗手法娴熟的精细雕刻，遐想着上官婉儿的传奇故事，历经千年风雨荡涤，大院顽强地吸纳着民族和自然的文化养分，变得越来越多元丰盛，倘能居住其中，岂不让疲惫的心灵得到安宁和慰藉。

此外还有本地人最骄傲的清末大宦、官至云贵总督的谭钧培老宅，如今别院幽深，引人探微。

依山而建，拥有三进大门的杨茂兴大院门口的诱人广告预示这里已做商用，仿佛为苗侗人民称誉的杨善人提供了注脚。至于华园古院、紫气东来、武陵世第等几十座古民居风貌各有千秋，无不令人陶醉。

从四方井巷出来，心还穿越在时光隧道中，腿已迈进了镇远博物馆。凝视着沧桑陈旧的图片，琢磨着远古农耕时代的兴衰，想象着驿道码头演绎过的悲欢离合，突然感悟：镇远当是贵州乃至中国历史人文自然与仙道商旅民风内涵最丰富、底蕴最深厚的地方！我必须为其正名。论历史，可上溯到2000多年前春秋战国时期，秦戈楚戟夜郎鼓，汉风唐韵苗侗风，宋代成为州府后，又反复被中央与土司政权统治，直至清初改土归流，历尽沧桑。

特别值得一提的是明初镇远侯顾成远征川滇，平定土族叛乱直接导致了贵州建省，这些都与其独特的地理位置有关，所谓“欲据滇楚，欲通东南亚，必占镇远也”；论人文，既有青龙洞和谐的儒释道庙观与历代大儒高僧老道之斑斑陈迹，也有吴敬梓笔下惨烈的平番之战兼生动的民族民俗民风，还有代表中国洋务运动的青溪铁厂遗址与“二战”时关押日本战俘的和平村，无不声名在外，见证着华夏的旷世兴衰；论自然景观，㵲阳河、高过河、铁溪景区千姿百态、无可比拟的风光令人流连忘返，而石屏山俯瞰㵲阳河挽系着的太极古城之至美简直绝无仅有。倚靠着青龙洞仙气萦绕的花窗，俯视着天后宫袅袅升起的青烟，怎不有飘飘欲仙的感觉？驻足繁华的禹门码头，端详着盘龙大桥的前世今生，眼前浮现了穿梭不息的官桅商船，若非福地，那些江西福建、两湖两广的人精怎么会选择这里作为世代栖身之所呢？在博物馆中略微一览，小小

▼镇远青龙洞，释道儒合一。

边城仅明清两代竟然哺育了100多个举人十几个进士，更催生了谭钧培一门三翰林、中共早期领导人周达文等影响时代的人物，至今贵州还有不少省级领导从这里走出，难道不可谓人杰地灵吗？

夕阳西下，围坐在梦幻倒影的河滨，突然想起曾经陪外地朋友在这里吟出过的诗句“㵲阳河边夜酒急，不问出处问情谊”。是啊，多么好的旅游胜地，无怪乎被誉为“东方威尼斯”“千年八卦城”“建筑艺术奇葩”“中国最美古镇”“最厚重历史文化名城”，古往今来，无论是官宦游僧，还是商旅脚夫，抑或文人侠客，都能在镇远找到心灵和肉体的皈依，否则怎么会造就出如此包容万象、不逊天上人间的宝镇呀！杯盏朵颐间，搞过旅游工作的光哥首先愤愤不平起来，呼曰，论边城人文历史禀赋镇远已胜凤凰，其宗教艺术民俗风情更压丽江，而山水气候田园环境足傲乌镇，即便物产餐饮市井格调也不输周庄，为何旅游热度却逊色三分？座中一友立即解嘲道，这古城的秦淮格调与精美饮食，只要发力，应可追苏杭，只怕过度商业化，反而会摧毁千百年沉淀下来的自然与人文遗产，倒不如留下一个清清静静的古城镇。大家顿时默然，似乎无话可说。

酒自微醺，于是乘兴登舟夜游，弯曲的河道倒映着两岸楼阁悬挂的灯光，五颜六色的波光忘情地随涟漪飘摇，桨声水影里让人忘却了身在何时，身处何方，似乎沉溺在虚幻的瑶池胜景中。一阵湿润的春风吹打在脸上，突然觉得很清醒，这美丽的夜景难道不是人为的吗？若无商业化，再有价值的资源也只会空沦世外，焉能造福人世？尽管开发难免会破坏其原貌，但一个未经雕琢的村妇又怎么可能登上大雅之堂呢？此时脑海中竟浮现出了巴黎卢浮宫门前的金字塔，当保护和开发相得益彰，当现代和传统用彼此的魅力神奇地挽起手来时，那才叫巧夺天工，美得让人倾慕啊！

是夜，星明月弯，疏影客栈，吸吮着淡淡花香，沉沉入睡。

2019年4月2日

网红恩施长假游

国庆长假出游，一直是个两难的选择，猫在家里觉得对不起长假，出门又惧怕各种拥堵甚至安全问题。我倒是退休了天天放假，还忙碌在位的夫人根本没有旅游时间，故反复掂量后，问某位旅行社的朋友有无稍显冷僻的好景点。朋友推荐，说湖北恩施近年才网红起来，值得游览，估计还不会特别拥挤。于是便抱着碰碰运气的心理，报名参加网红恩施五日游。

恩施作为全国最年轻的自治州，是土家族的大本营，地处武陵山区，靠近神农架。飞机降落时觉得四野的景色比较熟悉，毕竟离贵州不远，也没对风景抱太大的希望，只是想出门放松一下心境。当晚住宿恩施女儿城，这是一个无中生有打造出来且规模不小的古镇，不知是不是长假原因，居然这么火。古镇规划布局精美，仿古建筑多属土家吊脚楼形态，城里几百间客栈统一由艺术酒店进行管理，客人住在热闹的街市中，推窗就能感受浓烈的巴楚风情。我好奇为什么叫女儿城，网查原来是把土家族女儿节（汉族情人节）移植来这里举办，从而赋予该旅游景点让人向往的神秘和浪漫。

按照日程安排，次日前往鹤峰县屏山峡谷景区。100多公里车开了近四小时，一路尘土颠簸中大家开始发起牢骚。所签旅游合同说十人以下团司机兼导游，我们九人坐上车后司机却说不懂导游（从此我们不得不变成盲游），而且车辆陈旧得让人担忧。好在这里偏远，游客不算太多，进入景区后候船时间不到一小时，便进入了峡谷深沟中。船行于翡翠色的清澈透明的河谷中，仰首是深绿陡峭的山峰，即便来自大山封门的贵州，这峡谷之深之奇之险也是十分震撼的！从千仞石壁中穿行几公里后，船停靠在稍微宽敞的码头。登岸后看见前面的游客蜂拥冲去，尾随几百米后看见了一个网红景点，一片蔚蓝的浅滩上静静地漂着小木舟，人们排着长队登舟拍照，由于水体透明兼光线折射原因，船仿佛飘在空中，眼前顿时浮现出身着艳丽民族服装的美女——那飘逸的楚楚仙姿。然眼前各色人等包括大老爷们都在排队东施效颦，让人哭笑不得……

从峡谷中登山非常刺激，新修的栈道环壁而上，几千梯大半都一面是深渊一面是峭岩，传说中被誉为“罡梯”，可见气势惊人。气喘吁吁的游客互相鼓励，挥汗如雨，一个多小时后终于登顶。俯瞰谷底翠潭不过一小绿盆，房屋似乎瓦堆，天梯犹如绳线，苍凉之中有一种豪迈和爽快。

次日来到另一个网红景点——狮子关，由于司机不懂导游啥也介绍提示不了，我们瞎蹿进景区后才发现原来是有名的水上浮桥。入关后顺坡而下便看见一条银白色公路从深蓝的峡谷河道中蜿蜒穿行，搭配上两岸翠绿的山坡森林，很像造型优美的弦琴即将发出动听的声音，别有一番魅力，引人无限遐想。然而走近时却又有些失望，不仅人多车多混行，犹如抢渡一般，使得400多米长的浮桥浪来浪去，拍张照都困难。关键是走过浮桥后任你怎么憧憬也再无佳景，而离景区出口竟然约10公里。同行一对夫妇因忙于拍张全景照错过了电瓶车，不得不在峡谷中急行军以免耽误与我们共进午餐。

还没有从失望中走出来，突然听到坏消息——唯一的五星级景区恩施大峡谷一块石头从天而降，砸死了三个游客，于是景区关闭整改，我们的游程也不得不改变，第三天去了地心谷景区。

▼网红景点水中栈道

▼留个影，不忍离去。

前往地心谷的路上，我们在车里问景区有多少路，司机说应该没有前面路多，结果又走了十几公里，而且都是峡谷中的绝壁栈道，好在风光旖旎，空气清新，秋色宜人，大汗淋漓过后喝杯小酒还很痛快。可能受恩施大峡谷关闭影响，这回才真正体会了什么叫游客如潮，同行的薛先生戏谑为过四关。一进景区便排一小时的队登上横跨峡谷的玻璃桥，入口处由于没有栏杆隔离，游客就像春运赶火车只管往前挤，被闷热的汗味熏染后登上川流不息的玻璃桥，大口呼吸着凉润的空气时已忘却了恐惧（假如你恐高不敢过，就得下到谷底再爬上来）。进入核心景区后好在都是单行线，只有一条小路通向幽深，否则狭窄的高山栈道不知有多危险。沿着悬挂在绝壁上的栈道观景是需要胆量的，很多地方都标示着“走路不观景，观景不走路”，况且只要一停下来就会挡后面游客的道，只能马不停蹄地往前冲。几公里山路终于下到峡底，一条深蓝色的河流哗哗流淌，飞溅起提神醒脑的清新洗涤着惊惧。原来景区之所以叫地心谷，是形容峡谷很深，水从地心涌出。但越好的风景人越多，拍照的兴趣顿时减半，于是继续爬山，只图早点走出景区。爬得筋疲力尽时，来到了第二关，排队买票过飞毯——横渡峡谷的电梯上趴满又累又恐高的人们。过了峡谷来到第三关，又排队近一小时坐一分钟便登顶的竖直电梯（否则要垂直登坎近半小时）。终于走出了峡谷，全身刚放松，一看又有几百人在等候景区公交车（这是第四关），顿时有了崩溃的感觉……等到折腾回到酒店已是华灯璀璨了。

平心而论，恩施的旅游资源真不错，蛮有观赏价值的。作为一个自治州，能云集那么多奇异风光、美妙佳景、民族风情，真可谓风物荟萃。有一晚打的时，一个女司机侃侃而谈恩施的名片，诸如中国硒都、生态环境最佳、最早人类诞生之地、最适宜人类居住之处，以及若干自然风光的世界之最等，她的爱乡情节强烈地感染着我们，这才是恩施最宝贵的财富。然而突然因抖音成为网红，游客蜂拥而来时当地完全没有做好准备，安全事故接连发生，酒店、公路、旅游设施等难以匹配，尤其是服务管理水平差距还很大。我在想，几个景区（包括临时关闭的号称媲美科罗拉多的大峡谷）不仅同质化严重——都是高山峡谷、奇峰异石、葱茏树木、河流栈道；而且从进口到出口都只有一条陡峭危险的山路通达，中间缺乏宽阔的休憩与疏散逃离之所，各种路途距离和注意事项提示也不够，十几公里的山路不是谁都能轻松应付的。此外，景区门票价格已不低，进去后一会儿景交车，一会儿飞毯，一会儿电梯，都要重新买票，否则就得多爬几座山头，感觉似乎故意设计如此，以图增加收入。最遗憾的是我夫人作为土家族，存心来此感受民俗风情，所到之处几无特色，令人失望，反倒是自己穿着土家服装给景区增加了一道亮丽色彩。

▼峡谷空中飞架，春明人潮涌。

即便如此，我们还是愉快的。旅游就是这样，它不仅能让你放松身心，忘却各种俗事和烦恼，还能时不时给寡味的生活添加一些调味品，使你保持对新鲜事物的敏感与追求，从而支撑起庸常平凡的岁月。旅游时遇到不如意也不要紧，既然已没有更好的选择，还不如积极去探寻其中的开心。于是，结束行程最后一晚，本来素不相识的几家人聚在一起喝起酒来，三杯两盏下肚，亲热地拉开了话匣子，纷纷赞美这趟出游既锻炼了身体，也饱赏了网红美景，还获得了难得的友谊……

2019年10月7日 于贵阳

羁旅龙栖湾散记

30多年前来过海南，那阵还属广东偏远之地，如今繁花似锦的亚龙湾当时还空空如也，宽广静谧的银白沙滩和蔚蓝的海水虽然美丽，却因傍军港，记忆中飘散着有些呛人的汽油味道。三亚城又旧又小，没多少像样的街道楼宇。走进三亚港，老远就闻到死鱼烂虾的膻腥。倒是闻名遐迩的鹿回头雕塑及其故事让人产生美妙的遐想。夜宿大东海宾馆，因是第一次见到大海，兴奋激动难熬，竟顾不得不让游泳的告诫，夜晚趁同行领导入睡后爬起来扑进海里畅游起来。

以后虽然数抵海南，也有温馨和邂逅的感觉，但很难有初涉南海那份情感浓烈。30多年一晃而过，戎马倥偬时没想到有一天会选择这里寓居养身养老。几年前就不断有朋友说海南海拔低空气好阳光明媚，且每日看海心旷神怡，最适合患有高血压与呼吸道疾病的人居住。于是动了念头，终于被朋友忽悠来到了龙栖湾。说起龙栖湾可能知道的人并不多，它既不属三亚也不挨博鳌、潭门那些知名的地方，而是乐东黎族自治县九所镇下辖的一个小渔村——翻开地图一看，原来是沿三亚湾往西去60余公里，过崖州古城后又一个美丽的海湾，一脉青山入海处竟然不知被谁拟人的命名为龙栖之湾，山上耸立着一座镇龙之塔，传说能保佑当地渔民世代出海安全，可见龙的符号在中华文化里是何等的印迹深重；背山沿海开发的山海韵龙栖湾小区30余栋高层楼房呈“一”字排列，绵延近3公里，大致匡算一下有上万套房，居然都已售罄，而且去年以来房价竟然翻了一番。

中国虽地大物博，但温暖如春的像样海岛也就台湾和海南，于是海南岛自然成为正在富起来的全国人民眼里的香饽饽。前些日在海滩听到几个东北大妈聊天，说：“咱北方冬天太冷时间又长才跑到海南来蜗

▼波涛汹涌野海滩

居，怎么那些南方人也跟着来凑热闹？”另一次听到川渝人说：“我们那边冬天阴冷难过，这地方气候正好，连夏天都没重庆那么热。”咦，北京和华北人需要洁净与温暖，贵阳和西南人需要大海与阳光，武汉和中南人需要蔚蓝与宁静，真是各有各的理由，不一而足！

连续三年在龙栖湾过年，条件虽简陋，却也别有一番风味。年前一个月人们开始从祖国各地蜂拥而来，春节期间有两三万人云集于此，大都是扶老携幼，故而热闹非凡。假期前后除了较亲的几家人轮番邀聚，还会无意中碰到不少职场同僚，于是便约起喝几杯，你请我，我请你的，酒酣耳热之际，说起宦途旧事，一会儿情绪激昂，一会儿不胜感慨。有意思的是咱省不少人卸任或退休，都会第一时间跑到海南闲居一段时间，仿佛都要借此洗涤凡尘，从此清心还俗。龙栖湾不像三亚湾、清水湾那么繁华，也没有崖州城、九所镇那么嘈杂，北纬18度的热带诱

惑，背山临海的特有清静，以及既不潮湿又简约的乡村风味，加之不远处有原始、美得让人流连忘返的梅联村角头海滩，尤其是毗邻南海观音沾了佛气，这样恰好满足了某种愿望，故此处卸甲挂靴者甚多。

不过，龙栖湾的年味亦很浓厚：马路市场上各类鲜荤海产蔬菜水果摊横七竖八，叫卖声此起彼伏，购货人熙熙攘攘，天南海北的谈价声亦如管弦变奏曲；小区里到处张灯结彩，飞霞流丹的春联与花样翻新的狗年吉祥物把一个个角落打扮得红红火火；除夕夜的鞭炮声在山海之间回响，绚烂的礼花装点着空旷无垠的夜空，南洋滚来的阵阵潮汐不堪寂寞，小孩子亢奋的尖叫声点缀其中，叫老夫不聊发少年狂都不行。初一初二早上小区里会格外清静，亦如其他所有过中国年的地方。这时我会独自沿着林荫小道，边走边玩看路边停放的车辆及牌照，那真是一个绝无仅有的奇观——恐怕除了没有台湾的车牌，哪个省区市都有，铺天盖地，且品牌荟萃，蔚为大观。最多的是东北的，故而有了东北三亚市的说法，其次是川渝黔，似乎成了他们的后花园。年后人开始越来越少，到了元宵以后天天有人拖着行李箱离开，留下的人于是有了些许惆怅。3月初，夜晚稀稀落落的灯光似乎已不及星海明亮，除了留守的老人和小孩在空旷的楼道里说话的回音以外，一切已归于沉寂。

眼下，整个海南岛大量小户型廉价楼盘吞噬了景色迷人的海岸线，春运前后内地人车潮水般涌来，漫若井喷，过海车辆排队堵塞了海口街道，飞机场繁忙异常，临时要想去哪里肯定是一票难求。 就连亚龙湾那些高档豪华酒店，入住的也大都是国人，鲜见老外。据说这里只有夏天才是有钱的白种人的天堂，那时怕热怕晒的国人很少会来旅游居住。于是想，东南亚诸帮与太平洋岛屿国家夏天比这里还热，却都是国际休闲度假胜地，只注重打造冬季旅游目的地是不是海南岛一大败笔呀！

去年曾环岛游玩过一次，沿途到东方儋州、海口、文昌兴隆琼海、陵水、三亚探亲访友，有趣的是，无论居住在哪里的外地人，都一定会说自己居住的地方最好。东方儋州夸耀自己的小区清爽宜人，海口夸耀作为堂堂省府有最好的品位与配套，文昌兴隆琼海夸耀生态优美物产丰富，陵水（清水湾）夸耀社区高档环境幽雅，三亚则骄傲其得天独厚的景观气候港湾。我以为，关键是你从哪儿来并想要什么。山区来者心仪海洋，荒漠来者喜好茂林，寒疆来者垂涎温暖，尘霾之地来者则渴望清新；图养老者当选气候稳定服务设施完善之区，图愉悦儿孙者可选近海方便之处，图娱乐遣兴者可选繁华通达之域，图读书养性者则可寄寓海滨幽微之所……

我居龙栖湾，本是图清静，故对小区那些唱歌跳舞等林林总总的活动不甚感兴趣。最渴望清早泡一壶热茶，带一本闲书，溜到海滩边，找

一块僻静阴凉之地，先跃进碧蓝的海里畅游半小时，然后躺下读书，直到日落西海。只是这个不算奢侈的愿望总没能实现，原因是有家人有孙子在身边，不得不顾及他们，心里却是每时每刻都在参悟和修炼。有时临窗面海呆坐，心随潮汐节奏起伏吟唱，不知不觉忘却了天地和俗世一切；有时沿着海滩散步，目睹瑰丽的霞光把银沙漂染成金色，那长长的脚印总令人无限遐想；有时坐在礁石上看人钓鱼，波光粼粼中感觉渔翁的心境哪是在钓鱼，分明是在钓海……

2018年3月21日 于龙栖湾

阳光下也有灰色日子

——羁旅龙栖湾续记

难熬的2018年跨2019年冬季格外地寒冷，当华夏大地基本上还在寒天冻地时，我和小孙儿爬在海南岛西南临海高楼的飘窗上，看着太阳从龙栖湾对面的岛屿边慢慢落下去，天空由淡蓝到橘红，转金色而后暗淡，无意中突然问仔仔："你看见的天和海是什么颜色？"仔仔说："是灰色！"次日一大早，不睡懒觉的仔仔又趴在飘窗上指着朦胧的天地说："姥爷那是灰色！"我一下赫然起来，突然有了感悟，是啊，其实大自然中最多的颜色就是灰色，尽管南国海滨阳光总是灿烂，灰色的日子却也不少……

不久前网上看到一篇文章里说："人不到一定的（心理）年龄，不会体味灰色的价值。灰色就是你不理解一件事，但是觉得它不一定没有道理……”如今我理解起来，灰色介乎于黑白之间，原是天地初开最混沌的元素，虽蕴含万千变化，有着博大的包容和沉淀，但在喜欢纯粹的人眼里，总有点寂寞无奈和虚幻空灵，极像贪婪而不甘愿的人心。

连续几年都在寒冷的春节前后躲进毗邻三亚的龙栖湾小住，开始的确很新鲜，每天都被蓝色的大海与明媚的阳光、舒缓的沙滩和艳丽的花儿感动，且衣着简单可不拘礼仪，身心放松无所忧愁，一想到家乡的寒冷潮湿阴郁，即便经常汗流浃背，即便晒得黢黑无状，也觉得是老天仁厚的馈赠。尤其是过年时，尽管条件简陋，一大家几代人蜗居在小房子里，吃着不甚合口味的饭菜，聊起谁谁谁也在海南过年，内心竟然会升起一种自豪感，仿佛已经凤凰涅槃，过起了随心所欲的日子。

但久而久之，

▼晨曦暮色龙栖湾

便开始感到空虚和恐惧起来——仔细想想好像是去年退休后，职业惯性造成的不适应仍在延续。本来是盘算好在海南购房养老，前两年虽已退出一线岗位，毕竟还有职务和工作，每年来到海南月余，有一种久违的轻松自由放纵感，而今无拘无束了，怎么反而觉得有些寂寞无聊且忐忑不安呢？

于是开始琢磨身边这些过“候鸟”生活的邻居，发现大体有几类情况：一是实实在在来养老的，一般都到了男七十女六十以上，他们悠闲地享受着南海的纯净空气与充足阳光，尤其是心血管、呼吸道不好与腿脚不利索的老人，待在这里生活质量明显改善，故一个个安静快乐、心气平和，通常会居住半年左右；二是以养老为名来带孙子的，一般都是60岁上下刚退休的姥姥姥爷奶奶爷爷，每天抱着推着牵着孙儿孙女沐浴在晨辉晚霞中，辛劳和责任使他们难以一心一意欣赏浓郁独特的海滨风情，只能在稚子的健康和欢乐中寻求安慰，通常居住时间也不短；三是过来度假并打算以后在此养老的，这种情况多是长期公务繁忙而到了即将退休或已退休年龄，先来体会一下海岛生活的浪漫惬意，还在职的一般利用假期住个十天半月，刚退休的会住上一两个月，然成天忙于走亲访友，聚会娱乐，或是环岛游罢出海游，累并快乐着，却几乎没有时间去感受椰风海韵的特有温馨；四是前来探望父母孩子，顺便度假的中青年人，多数只在春节前后出现，故而一个个打扮时尚，心情愉悦，或于晨光中穿梭于路摊街市，或在斜阳里秀美于长洲海滩，或沐浴着朦胧月色漫步于花圃椰林，或相约于酒楼夜市把盏寻欢；最后一类是特殊群体，以东北人为主，把海南当作了家乡，有的甚至几年不回去，于是成为广场舞、时装秀、合唱团等的核心和主力，甚至还包揽了小区打扫卫生、水电维修、送餐跑车等一应服务工作，我就遇到一个40多岁的东北爷们，天天串门串户干杂活，聊起来才知道他原是正规大学毕业搞高科技的，却由于待遇太差宁愿在这边混日子，令人不胜唏嘘！

说别人其实也是为了说自己，原想退休后安安静静地躲在这里读书写作，既调理身体，又修养心性，结果总是找不到感觉。一来没有机会享受孤独，幼小的孙儿需要到这边来躲避北京寒冷的冬季，于是寓居海南的日子反而更辛苦忙碌（带孙儿本无可厚非，既心痛女儿不易，且中国人都重视家庭子孙，没有孙子带的人还羡慕得不行，但无奈心高，不太情愿长期束身庭院），几乎没有了自我；二来即便有点空闲，不大的海岛逛两圈也就腻味了，与朋友喝酒也只能兴奋一阵子，读书写字定力不够亦难持久；三则既无兴趣约人打牌，也没有踏礁垂钓的雅兴，更不乐意去参加那些个唱歌跳舞的活动，就连向来擅长的填词吟诗也由于缺

▼俯瞰南海，岛似大鹏。

乏新鲜感而觉江郎才尽。于是，每天几乎不歇的阳光有些刺眼了，无休无止的海潮有些单调了，穿过山海间的呼啸之风有些让人受不了了，明朗的心境也开始趋向灰色。

直到有一天在电梯上碰到一个邻居，寒暄时问道：“你们一年待那么久，就不腻味吗？”他说：“这把年纪了，混日子呗！”我突然明白了，原来自己的心理和生理年龄根本没到养老混日子的时候，还是应该回到虽繁杂而丰富的世俗生活中去。人虽然退休了，但几十年的职业生涯注定了不甘寂寞，不愿成为一个多余的人，应当趁现在还腿脚强健，做一点于国家社会和人民有益的事，殊不枉此生！再过十多年，到了真正疲惫老迈时，再来南海边养生也许才是最好的选择。

想到这里，立即释怀了，此时再看灰色的天海，感觉到的已是不动声色，是包容大度，是一笑了之……

一会儿，太阳破雾而出，金色的霞光洒向大地，眼底的沙滩熠熠生辉，潮汐涌起，是不息的生命呼唤，我的眼眶湿润了。

2019年2月28日于北京

相逢何必曾相识

——记首次西政同乡校友聚游

我常常惊诧地发现，这一位伟人同那一位伟人是同乡，这一位专家和那一位教授是老同学，这一群明星同那一群名人是老同事。一个行业翘楚，一代文坛大咖，一届政局明星，原来总是几十年前就在一张照片上汇聚过。这，的确叫人……

还是回到正题吧！

一天，我同老季、王兄坐在一块儿闲聊，谈及乡情时猛然动了个念头：何不把老乡们召集起来聚一聚？一来彼此认识认识（进校半年来，我们之间并无交往，因而常常对面相撞，形同陌路）；二来新年到了，大家在异域叙叙乡情，共贺新春。

心有灵犀一点通，受到邀请的28个同学纷纷响应，而且，陈师兄还提议到照相馆合影，当然是一呼而应了。于是约定28日早上9时在沙坪坝照相馆集中。

是日，我们分成几波来到了相馆，可是我们年级几个女生却迟迟不到。一回忆，才想起匆忙中未给她们讲清楚在哪儿集中。这一下大家急坏了，分头寻找。沙坪坝上街下街都找遍了，居然踪影全无！后来大家分析，她们已经出来了，又没在沙坪坝，也许到沙坪公园去了（事先曾说过要去沙坪公园）。根据这个推断，王兄跑到了沙坪公园，他在门口看了几遭，没有！等他回到相馆时已经是10时30分了，怎么办？订的酒席也快到点了，但不能把她们几个丢下呀。大家又合计了一次，一听王兄没进公园，大家不约而同地感到这个没有穷尽的选择很可能就是真的。1978级的孙师兄计上心来，“一买子”扎进邮电局，凭着三寸不烂之舌借了一辆自行车，骑着往公园冲去。殊不知这时，1978级蒋某同李某已经在公园里找到了她们——她们已经在偌大一个沙坪公园里转了五圈了，正急得毛焦火辣的，真是“众里寻他千百度，蓦然回首，那人却在灯火阑珊处”。

大家终于在通明的灯光里合了影。这将是怎样一张具有历史意义的作品啊！照片上将按照大家的意见题上“同乡、同学、同志。辛酉年元旦留念”字样。这的确是再高明的语言大师也无法挑剔的文字，诚如先人所言“文章本天成，妙手偶得之”，若没有这一伙人的昨天、今天和对明天的展望，试想一想，要让28张风霜各别的面孔同时流露由衷的喜悦，要让28颗轨道不一的心一刹那运行到一根直线上，该是多么难以想象啊！

▼沙坪公园群英汇

▼同乡同学同志

记得古时候有人交朋友，专门备了一个簿，将朋友的名姓登在簿上，取名金兰簿。凡簿上有名的，一概邀至金谷园赴金兰会。这张照片犹如金兰簿，我们的金兰宴设在沙坪饭店楼上。当大家起立举杯的时候，我突然感到激动和浑身劲头十足，再不像以前那样茫然无绪、空虚胆怯了。

下午我们来到沙坪公园，在一块唯有一座石桥相通，仿佛与世隔绝的湖心洲上，这些昨天还陌生而今天已在同一镜头待过的校友在进行着自我介绍。擅于辞令、颇有见解的蒋师兄说他外号“委员长”时赢得了一阵善意的哄笑；1979级风度很足的郑师兄慢条斯理地说自己是“运动员出身”，我看他的神情像个退伍的龙骑兵上尉；1978级老季、吴师姐不愧是“九年工龄”的人，极其洒脱；仪表堂堂的陈师兄称自己是“最差的学生”，可谁都知道他是颇有名气的学生会主席；王兄大概是跑累了，忘记向大家介绍他当兵的光荣历史了；张同学介绍自己的姓时说是“张忠良的张”，这不着边际的联系几乎吸引了所有的视听。最有趣的是“外交部长”孙师兄，提着录音机围着大家团团转，还忙不迭地操着“官腔”做着补充介绍，每每引起哄堂大笑！1978级的宫××、颜××、王××、赵××、李×等，1979级的陈×、谭××、刘×等，1980级的徐××、陈××、安×、杨××、龚××、杨××、王×、何××、李××、宋××、肖××都逐一做了自我介绍，笑声不绝。经过这一番介绍，28人的感情更加融洽了，气氛也变得更加热烈。

介绍完后，伴着悠扬的舞曲旋律，郑同学、宋同学等跳起来踱起了步子，青春的活力扩张了……

有时候，扫兴的事情会更加助兴哩！大家闹得正欢时，一个贼头贼脑、表情呆板的家伙突然溜进来抓住录音机要没收，我们知道遇到一帮目无法纪、仗势欺人的家伙了。乌江畔的山民见惯了急流险滩，哪里相信小河沟里会翻船。郑×、孙××、张××、李×、蒋×等首先奋勇而出，夺下了录音机，并且将那个家伙质问得瞠目结舌。说时迟、那时快，从坡下面冲出了一群气势汹汹地身着黑色制服的男女。他们一下把我们包围在中间，并狂妄地叫嚣要把人抓走。大家顿时怒不可遏，一场激烈的争吵展开了。这些不学无术的家伙哪里懂什么法律、道理，他们以为强者就有道理，打着所谓执法牌子肆无忌惮地践踏公民的权利。是可忍，孰不可忍，我们一起站出去，斥责他们的暴徒行径。看见我们人多势众，而且都威武不屈，他们露出了色厉内荏的本性，一方面想下台，一方面要挽回面子，便要求蒋×同孙××到他们办公室去交涉，妄图扣押人质，以便败中取胜。蒋×同孙××到他们办公室后，孙先声夺人，问谁是他们头头，竟然没有一个人挺身而出。这时，细心跟去打探消息的吴师姐说他们要扣押我们的人，大家急忙赶到派出所门口。立脚未稳，看见敞开的大门里蒋×同孙××昂首大步地走出来，几个草包一样的家伙目瞪口呆、脸色发青地倒在木榻上喘着粗气发愣。这情景真痛快，犹如赢得罢工胜利时工人代表在无可奈何的资本家面前走过，自己的队伍发出一阵阵嘲弄对手、欢呼胜利的笑声！

我们，首先是我们自己，他们的刁难丝毫没有减弱大家的兴趣，反而给我们增添了话题。我的一位朋友以前对我说过：只是在一个变戏法的人接不到球的时候，他才能吸引到我。这一次我是真正领会了这句话的含意。我们饶有兴致地谈着过去的一幕，鞭笞他们的无知，嘲笑他们的胆怯，形容他们的丑态，不愧是一群未来的律师、法官检察官。倘若你身临其境，一定会快活得引颈高歌吧？

王×、颜××旋即舞了几路拳，他们利落干净、刚柔并济的拳术使得奉命来监视的两个探子面目失色，偷偷地在我们的喝彩声中溜走了。

天色暗了下来，当我们踏着蒋师兄的吉他声齐声哼着《走在乡间的小路上》归来时，我的神经末梢上的灵感突然跳动起来。我看见不远处有几丛葱茏的细竹子，挺立在寒风中，尽管凌厉的北风撕着它的一片片叶子，让这些叶子当着它的面枯死在地上然后扫进烂泥塘里，这些竹子却紧紧地依靠在一起，顽强地为生存抗争着，从地里拼命地吸收养分来繁殖新绿的叶子。我深瞪着的眼睛突然模糊起来，然后又清晰了，我看见它们的将来了。当春天到来的时候，它们会长成秀丽、茂密的竹林，夏天到来后它们将成为人们遮阳避雨的好所在，秋天……

“自拍，自拍一张！”同伴们的叫声把我喊回到现实中，我才发觉

▼泻瀑奔涌黄果树

已经到了公园的大门口，于是，大家带着满足、自豪、放任的微笑，再一次进了镜头。

昔日王献之深夜访友，天明赶到后不见友面而退回，别人问他为什么，他说："吾本乘兴而来，兴尽而归，何必定要见到？"这个故事虽然不合情理，却道出了一般干什么事总有个目的，然而它却没有讲兴不尽是否该归！该也罢，不该也罢，我们终究不得不怀着恋恋不舍的心情踏上归途了。走在铁路上，一块块枕木在脚下退去，虽然很疲倦了，然而无论是谁都能迈着同样大的步子朝着一个方向迈进。这，似乎又是一种令人深思的象征！

爆竹声中一岁除，春风送暖入屠苏。

千户万户曈曈日，总把新桃换旧符！

若干年后，是不是有人会对着我们今天的合影发出感慨——"原来这些人都曾经是一块儿的！"——并激起研究一番的兴趣呢？

1980年12月28日于重庆

蒙蒙晓雾初开　浩浩旭日东升

——上山下乡30周年有感

那是一个怎样的年代，为什么红枫湖畔，突然来了一大帮活力四射的青年，他们是来战天斗地、改造自然，还是来宣泄青春、领悟悲苦，抑或是在寻找生命存在的价值与方式？

那是一段苦乐交加的日子，那是一段血色浪漫的岁月！我们——几百名沸腾着热血、敢于在挣扎中寻求希望、稚气未脱且不知天高地厚的知青来到了红枫湖边，扎营在玡珑坝上……

伴随着“广阔天地，大有作为，滚一身泥巴，炼一颗红心”的豪言壮语，荒岛上摆下了热火朝天的战场：我们盖起了宿舍，修起了晒坝，建起了饲养棚；我们砍去野草和灌木，日夜垦荒，数百亩田土泛着清

香、载着希望；我们造起渔船，晨航夜网，桨声水影，鱼鳞闪亮。

岁月如歌，描绘了一幕幕青春的精彩：田间地头，湖边树下，有诗有乐，有情有义。还记得“鲲鹏展翅九万里”的合唱声是怎样在湖心震荡吗？还记得篮球场上激烈比赛时女知青煽情的呐喊吗？还记得炎炎夏日里戏水荡舟时，男同胞总也没有女同胞泡得久吗？还记得月白风清、秋涛拍案时捕鱼捞虾那份收获的快感吗？还记得寒冬腊月里大家围住铁炉子烫苞谷饭的满足吗？贫困和饥饿哪里挡得住年轻人的快乐。

岁月如水，在悲怨期待中流淌：日晒雨淋，风餐露宿，日出而作，日落而息，出工、收工、记分，播种、施肥、薅秧；农忙时等不及洗去身上的泥土便倒头酣睡；农闲时四处游荡、串知青点、找电影、爬车赶场；躁动时焕发起朦胧羞涩的情窦，焦虑时忍不住谩骂斗殴，饥饿时也会偷鸡摸狗；但我们毕竟在克服懒惰、在体会人生、在走向成熟。

岁月如梦，至今仍萦绕在我们心灵深处：那水上飘来的音乐是多么令人着迷，平水厂、平坝农场、清镇奶牛场，男女结伴四处寻找露天电影曾是多么浪漫；那满载着茶果的渔船颠簸在落霞浸染的波光上诗意盎然，少男少女们嘻哈大笑的情景至今令人陶醉；谁还记得医务室的温馨、广播室的秘密、宣传队的逸事、篮球队的战绩，以及食堂那经久不衰的魅力？谁又能忘记王××校长的慈祥与大度、李××场长的干练与周密、汤××队长的才气与武断、徐××老师的善良和任性，以及唐××场长的精明、陈××书记的严谨、马××的随意、温×的洒脱、谢×的傲气，还有，季阿姨、史阿姨、余阿姨等，带队干部们无私奉献的精神和各具魅力的性情，无不长留于我们清晰的记忆中。

岁月如魔，不历尽苦难又怎能得到解脱：忘不了那一次因狂躁和无知引起的大规模斗殴，狭隘的偏见使知青与当地农工顿生嫌隙，于是惊慌、恐惧、担忧伴随着种种流言蜚语笼罩在玡珑坝上空，仿佛世界末日就要来临；忘不了上级来宣布全场知青将转为农工的动员会后，场友们痛苦万分，有人弹着低沉的吉他唱起忧伤的知青恋歌，有人结伴外出，夙夜不归，互相倾诉想家的愁绪和失落的悲苦，还有很多人彻夜难眠，在埋怨、在哭泣、在自我放弃；最揪心难忘的是那悲惨的沉船事故，我虽然没有在场，仍能想象黑夜咆哮的湖上伙伴们恐怖的挣扎，撕心裂肺的哭喊与探照灯惨白无情的搜寻……啊！这一切的一切，磨炼了我们的筋骨，陶冶了我们的心志，丰富了我们的阅历，实在是人生最大的财富。

离别30年，今日回农场，尽管大家已景遇不同，尽管很多人已天各一方，但我们拥有一段共同的岁月，拥有一份同甘共苦的友情，拥有同

▼ 当年知青头，如今再回首。

样刻骨铭心的记忆。

离别30年，今日回农场，我们说着同样的故事，抱着同样不舍的心情，做着同样的梦和期待！我们彼此在乎，因为我们都怀念那段燃烧的激情，都珍惜那份难得的友谊，都对未来有着美好的希冀！

2005年10月22日 于贵阳

亲睹豪门竞技NBA

到美国看NBA是梦寐以求的事情，如今终于如愿以偿，而且是看休斯敦火箭队对洛杉矶湖人队这种牵动亿万中国人心的重量级比赛。

已入冬的洛杉矶温暖如春，可湖人队主场却狂热如盛夏，晚上7时开始的比赛刚一天黑（不到下午5时），斯苔普斯球馆便喧闹了起来，各种激动、兴奋的声音被绚丽的霓虹灯光抛向夜空，这将是2006年圣诞节前一个沁人心脾的夜晚！

其实我是经常在电视上看NBA比赛的，但亲临现场的感觉实在美妙得难以言表……

先讲球赛，如日中天的姚明率越战越勇的火箭队兵临湖人队主场，而拥有 MVP“最有价值的球员”称号的科比·布莱恩特与湖人众将士早已严阵以待。果然球赛精彩至极，连打了两个加时赛才分出胜负。随着球赛进入白热化，球场热浪爆炸般的几乎要掀破顶棚，两次加时赛全场观众无不是站立着看完的。球赛的焦点人物科比揽下53分，姚明则得到了35分、15个篮板球、7次盖帽的骄人成绩。火箭队虽然壮烈败走，姚明却赢得了很高的赞誉。整场比赛，现场播音员充满磁性的嗓音一次次喊“姚明”时，观众席上总能爆发出狂热的欢呼声，仿佛是火箭队的主场。我观察现场除了火箭队的球迷外，所有华人都在为姚明呐喊。是啊！姚明在NBA的成功和地位令国人骄傲，其象征意义远远大于实际价值。这个中国巨人在精英荟萃、高手云集的NBA赛场上势不可当，仿佛预示着中华民族的崛起！戏剧的是用英语喊姚明，我们中国人听起来像“要命”，于是我身边的朋友不无幽默地说姚明的球场对手们匍匐在姚明伟岸的身躯旁怕得“要命”。

亲睹NBA，更给人启迪和震撼的是球场的氛围和运作。近2万座位是座无虚席，明亮和柔和的灯光分照在球场和观众席上见证着这里发生的一切：高清晰的巨型转播屏悬挂中央，聚集着所有人的目光；现场播音员煽情的解说撩拨着每个人的心；美丽、健康、丰满的篮球宝贝们伴着摇滚音乐的劲舞焕发着人们的青春激情；个性十足的主场，球迷们在主队进攻时充满节奏的鼓噪和客队进攻时挥舞荧光棒喧嚣干扰的狂热；这一切，犹如一个特大型交响乐团在演奏贝多芬的英雄交响曲，把球赛气氛烘托得格外紧张，叫人兴奋得喘不过气来！

不过，紧张中也有轻松，欢快的时候，球赛暂停时除了篮球宝贝热烈时尚的表演外，组织者还精心安排了不少插科打诨的花絮。当大屏幕上出现了noise（噪声）字样时，全场观众便拼命敲打手中物品并呐喊，直到屏幕上显示噪声分贝的图标全部满格为止；有时屏幕上出现的却是kiss me（吻我）字样，摄像头便在观众席上不时定格，大屏幕上曝光的男女就要在大家哄笑声中相互亲吻——看得出既有恋人的热吻、夫妇的情吻，也有陌生人的礼吻；间或又会有圣诞色彩装扮的小丑穿梭在便道上，向小孩子们发放礼品，煽动球迷用各种方式出风头、吸引他人目光。

当然，NBA是商业化的，但是浓烈的商业气氛能天衣无缝地融入人们的欢快与娱乐之中。且不要说球场内外让人眼花缭乱且醒目、刺激的商业广告，也不要讲球赛中场休息时从观众中抽出的幸运儿演出的滑稽泡沫剧（抽出的人在中场投一个球，投中可以得到10万美元奖励，可那个幸运儿却把之当成个人表演的机会，逗得大家哄堂大笑），单讲其造星和利用明星的高明就叫人叹为观止。科比是湖人队的当家明星，自然

▼夜幕下的洛杉矶斯苔普斯体育馆

就成了球迷们的偶像，于是球馆里的商店到处销售着科比的球衣和科比代言的其他体育用品，科比形象荡漾在整个球馆里，怪不得科比会发挥得如此完美，令醉心他的球迷疯狂难以自抑。球场边上运动员身后的座位据说是票价最贵的位子。那里坐着的不是工商豪门巨子，就是好莱坞演艺明星，镁光灯不时地照射在他们身上，吸引着万千艳羡的目光，播音主持更是恰到好处地渲染他们对NBA的垂青和贡献！哦，我记住一个名字：好莱坞老牌巨星杰克·尼克尔森！这个湖人队的铁杆球迷，竟然已连续11年在球场边距离球员席的中间位置上以1500美元的单价包票，从而使该座位被命名为“杰克·尼克尔森座位”。据说这种订座方式如今已开始风靡NBA赛场了。

球赛终于在子夜时分结束了，当我们混杂在余兴未尽的球迷队伍中步出斯苔普斯球馆，看到夜幕中井然有序的车辆悄然驶过时，我突然悟到：NBA不就是市场这个上帝为了适应现代节奏，让繁忙疲劳的人们得到放松、得到宣泄、得到精神与情绪再生的一顿精美大餐吗?

2006年12月15日于洛杉矶

闲议端午出生人之宿命

若论端午节的起源，主说是为了纪念屈原大夫赴江殉国，也有人考证是纪念冤屈的伍子胥，甚至是纪念孝女曹娥的，不过我更相信是聪明的古代人从季节变化的角度，总结出来的包含深厚文化底蕴的节日，既有天象阴阳的依据，也有季节变迁的因缘，更有历史人物和故事的滋养，否则赛龙舟、吃粽子哪有那么大的吸引力。

说到气候时令，由于五月端午前后时值初夏，多雨潮湿，毒虫活跃，病菌容易滋生，古代便认为是不洁不祥之日，故有“五月生子不举”（端午尤其被称为毒日）之迷信说法，甚至认为这个时段生的孩子不仅不吉利，还会克父母。好在历史总喜欢开玩笑，几个端午出生的名人似乎改变了这一恶咒。最著名的故事是《史记》里孟尝君篇的记载，齐国宰相田婴小妾生子于端午日，田婴认为不吉利欲弃之，谁知这孩子被悄悄养大后，几句话说服了父亲从而得到栽培，成为著名的政治家孟尝君。还有一个生于端午的名人宋徽宗赵佶，本身是庶子且生逢不吉，幼时被送到宫外抚养，长大后封为端王（暗含端午出生之意），谁知后来竟龙登九五。但还是有个别人说：孟尝君虽生前纵横捭阖，名满天下，极尽荣宠，死后却封地被灭且绝嗣无后；宋徽宗虽然为帝20多年，才艺卓绝，风光无限，却终为阶下囚，受尽屈辱而死，终究命不好。幸好出生于端午的还有东晋名将王镇恶，及西夏一代雄主开国皇帝李元昊等英雄豪杰，否则出生不由选择，命运全靠自己，不信宿命说法还会被认为幼稚。

人生于何时是各种因缘的造化，从母体里诞生小生命时应当是热情似火的七八月，怎么能以五月特殊的气候环境来荼毒人性呢！史上之孟

▼品茶观景阳台上

尝君，曾对其父说“人受命于天”，岂可为说法所困，正因为其自信，摆脱了鬼神的干扰，才成就了这个叱咤风云的人物。

不幸而有幸的是我也生在端午节，自幼的印象反而是父母很稀罕我这个不速之客，认为节日得子很幸运，对我也颇多期望。最幸福的当然是年年生日都不会被忘记，收到的祝福满满。不知我父母是不知道还是不相信那个魔咒，反正总是得到父母和其他长辈的期许鼓励与赞扬，因而从小便爱读书、会读书，积极上进，日后果然也小有成就。直到长大后读《史记·孟尝君列传》，才吃惊地知道了有此说法，不过我倒是有了榜样，孟尝君的勤奋努力、自强不息、礼贤下士、宽容豁达一直成为我修为的方向，真是“生逢戾日识晦朔，命遇吉星感春秋”（60岁自撰诗句）。如今虽已赋闲，犹自不甘寂寞，仍在阅读写作练字谋正事。我

想，千百年来出生于端午的人成千上万，但终归会是良莠不齐、形形色色的。那些潦倒无为的人，尽管原因众多，会不会也有被这个恶咒害了的？从心理学的角度，如果你相信一件事不吉利，它就会给你带来不祥，反之，正向的预示则会推动你去实现伟大的目标。

写到此我专门百度了一下，五月出生的人的星座多是双子座，一般会有较强的智力天赋，幽默机智，好动图新鲜，乐于学习，善交际，重人缘。但性格具有两重性，虽想法多但不够坚持，较适合从事抽象思维工作。哈哈，其实我和不相信上古迷信一样不相信所谓的星座观，只是从矫枉过正的角度，这一现代迷信未尝不可以推翻传统说法。与其相信不吉，倒不如相信来自这个星座的那些良好祝愿。

今年的端午又到了，整个南方三天两头大雨滂沱，居住于城里感觉不到，农村必然潮热湿气重，蚊虫活跃，瘴疠肆虐，不知现在挂菖蒲，熏艾草，泡雄黄酒避邪的风俗是否还盛行？少年时在江西老家氛围是很浓的。大城市里一般看不到赛龙舟，唯一的节日气氛就是到处包粽子卖粽子买粽子。于是城里父母会边剥粽子边给孩子讲端午并必涉屈原故事，恐怕很少有人会谈及端午出生之人的宿命。其实我觉得突然说这些还有一层用意，今年端午节正逢高考日，高考对学子们是一生的大事，务必发挥出最好的状态，而放松心态，相信自己是最重要的。尤其希望五月出生特别是端午出生的学子，能够展现自己的天赋，真正把命运掌握在自己手里，奠定一生的辉煌事业基础。

最后，录下几年前端午填的一首词与读者共勉。

鹧鸪天·端午

淫雨汹汹比滥觞，新荷抱堤让洪荒。
抖擞龙舟夺浪猛，青翠竹苇裹粽香。
年年水、涨端阳，损亏赢益莫感伤。
天高地厚因谦抑，人世单薄为乖张。

2019年6月7日于贵阳

大学毕业30年纪念册序言

转眼三十年，痴情旦暮牵。挥手黄鹤去，苍茫云水间。

班上同学嘱我为毕业30年聚会纪念册作序，竟有些忐忑，毕竟班里潘江陆海，大有人在，实恐才德不济，有愧期许。然却之不能，似嫌矫情，只得冒昧捉笔，以佐欢叙。

每念及我十班，莫不感慨唏嘘！一感人物荟萃、异彩纷呈，二感德才勤能、各领风骚，三感行行有楚、成事不张，四感时惑运蹇、心性恒常。本欲一一对应叙述，又深感难以周全。正为难之际，脑海里突蹦出一念：全班四十四位星宿，素有五老六少九美之说，若再将余众分为四壮二十青，除九美特殊外皆以年龄分为老壮青少，又暗合某种易数，岂不天作！再依此道来，分类清晰，不致茫然无序。然一家之言，必多漏见，倘有妄议胡言之处，切望谅吾实无歹意。如此我便诚惶诚恐戏言如下。

夫六少者：有凯湘之天资聪颖，傲然物外，学贯京华；世扬之博学笃行，业品俱佳，幽默飘逸；启东之学识涵养，字字珠玑，独钓寒江；金法之质朴坚忍，表里如一，德配政声；继承之好学励行，兢兢业业，有口皆碑；向阳之顺时就势，怡然江湖，坐享天伦。夫九美者：有雪莉之形神高贵，惊世情觞，长歌依旧；春红之慈目慧心，举案齐眉，安之若素；杨惠之娴雅温馨，芝风懿范，味若陈酿；建萍之媚而不俗，善解人意，国怜城倾；红英之文静体贴，相夫教子，冰雪聪明；公梅之贤惠简练，侠骨柔情，仁孝坚贞；爱娟之聪敏精进，家业同兴，好施不争；唐洁之沉静贤淑，折柳咏絮，赠人余香；佳玲之雍容大度、丰姿绰约，英雄仰止。夫四壮者：有世明之大俗大雅，能伸能缩，推糠见米；恒扬

▼每周几次的羽毛球训练

之沉稳练达，长担重任，居高不扬；明福之勤勉质朴，虽困沉疴，礼数如常；学元之谦和巴实，稳扎稳打，谐趣大方。夫二十青者：有建南之儒雅睿智，纵横捭阖，义薄云天；武力之勤奋努力，劳苦功高，心平气和；学武之朴实敬业，厚积薄发，不骄不躁；刘华之才艺双馨，诙谐风趣，宠辱皆忘；玉德之抱朴守真，择善而从，信步闲庭；绵波之德能俱佳，仁爱未偏，了悟贪嗔；海峰之忠耿执着，埋头苦干，得失坦然；瑞良之自在随性，厚谊薄财，举重若轻；永棣之智识谦抑，淡泊名利，风流倜傥；潘晓之精敏潇洒，不拘一格，收放自如；阿辉之自信坚强，长袖大刀，刚中有柔；辉强之琴心剑胆，豁达大度，快意豪侠；立平之深耕厚养，藏而不露，明理生心；超群之机灵活跃，乐以助人，轻松搞笑；乐村之倔强率真，任劳任怨，淡漠奢华；李农之洁身自好，神闲气定，岂慕虚荣；洪武之讷言敏行，拳破阴阳，焉能小视；志林之仙风道

骨，剑走偏锋，卑亢自诩；彭朴之诚信乐施，虽陷泥塘，犹惦同窗；冀峰之品貌双优，单纯无求，竟至不争。五老者，有崇益之恭谨慎独，忠诚敬业，泰然平和；柯超之铁肩正气，恭耕港澳，谨言慎行；李岗之高雅亲和，饱经沧桑，悠牧南山；筑训之性豪气迈，曾经沧海，对酒当歌；至于在下则吏道人伦，诚不敢欺，此心足矣。

于是细想，如此一个集体，何以能在强手如林的西政1980级乃至更大范围赢得那么多荣誉和称道？没有天赋歌才，却获歌咏比赛冠军；没有大牌球星，篮球足球羽毛球雄震校园；没有编导，斗牛舞哑剧竟连连爆棚、誉满东山。其他诸如围棋象棋摄影绘画，无不称雄称霸、艳压群芳。哟，忘了讲主业——学习，那可难以衡量，然以十班人当时及日后之学业成就，断不落他班之后、足可抵足翰林！不过也有不足，我班似乎存在以所谓“五老”为代表的一种班群意识：过于追求自在与心安，过于在乎感受与随缘，过于沉溺遣兴与娱情，积极入世、勇攀高峰方面尚不够精进和执着，导致同学中为政者难以高就，治学者未能独享，律师与从商者鲜有巨大成就。这些能不能得到改变，寄希望于诸君。

然则，我班最令人感动和陶醉的恰恰是在这个功利浮躁的年代，仍葆有着团结友爱互助和甘为同学、班级、学校乃至民族与国家做出无私奉献的精神。且让我慢慢道来：若非团结，十班当年怎能在学校获得那么多集体荣耀，怎能毕业后每次聚会都高朋满座、群情振奋，5年前昆明聚会到了40人，这次41人又迎来突破——我们不会忘记任何一个同学！若非友爱，当某同学出差来到身边，无论多么繁忙甚或家事国事缠身，都会想方设法安排一聚，三杯浓酒一盏清茶，不胜愉悦快慰；当某同学患疾遇困，闻讯不顾数百千里，或相邀或只身赶赴探望，各种抚

慰、春风化雨！若非互助，怎会不管谁庙堂得志抑或失意，江湖顺遂抑或坎坷，情爱滋润抑或困惑，家事福喜抑或烦忧，都能得到那份理解与帮助、祝福与安抚；而但逢同学大小聚会，总有人站出来，或慷慨解囊，或倾力承办，或积极襄助，或排难参与。若非奉献，又怎会酿出诸多才华横溢、著述等身、桃李天下的学界大家；怎会哺育诸多政声卓著、克己复礼、淡泊名利的各界精英；怎会滋养诸多修身齐家、奉法循道、追求自由的律法信徒呢？

呜呼！山不在高，有仙则名。水不在深，有龙则灵！嘉我十班，天缘机巧，独树一帜，相携相助，谁能夺情！值此毕业30年庆典之际，回首过往，怎不动心。

想昔日歌乐匆匆辞别，各奔西东，为谋生急切也；深圳一晤，心神不定，缘起步维艰也；山城相聚，风高浪急，多江湖阻碍也；春城盛会，群情激发，知常在旅途也！今风云尽临汉水，楚天一览无余，正登楼忘忧之时。而吾班除不可抗力与情势变更者三，皆倾情践约，八方遥临，重温旧梦，再续善缘；且抛轻疏且把酒，共诉平生共远眸，此非盛事乎？

特序以记之。

2014年10月于贵阳

记鹏城聚会　感同学盛情

地处岭南的深圳，即便已是初冬，仍犹如春夏之交那般柔情和温馨，稍许的炎热更增添了几分激动和浪漫，为西政1980级十班同学期待已久的“五老华诞十班乐”活动拉开了序幕。

随着《今生遇见你》的歌声由陌生到熟悉，由生涩到圆润，由简单表达到深情演绎，十班27位同学共同度过了非常愉悦友爱的三天，至今回忆起来仍是难以自禁。尽管莲花山盛开的木棉花和簕杜鹃那么绚丽夺目，尽管雨后蒸腾的南国风光那等韵味热烈，尽管邓公塑像的意味和象征那样深远，我们仍只是，也只能沉浸在难忘的欢聚里——九美的旗袍秀当数最慑人眼目的彩头，既有姹紫嫣红，也有淡蓝雅素，衬托得一个个婀娜多姿、高贵不凡；凯湘和启东夹杂湘闽味的、自创自演的颂赞诗朗诵声情并茂、推波助澜，让我等如坠烟云，熏熏然忘乎所以；世扬、佳玲再次联袂主持，纯正的普通话、充满磁性的嗓音、信手拈来的风趣串词和煽情的讲评，总是把欢乐和祝福点染得沁人心脾；刘华卓别林式的幽默与艺术天分，在老酒的助力下表现得淋漓尽致，带动着世民、辉强、超群、学元等十班谐星，甚至李岗、筑训、爱娟、春红等都在潘晓优美的歌声里翩翩起舞；红英的合唱指挥还是那么英姿飒爽，佳玲的朗诵还是那么声情并茂，但崇益、杨惠、公梅、李农已不再淡定，瑞良和继承早就跃跃欲试，唐洁的“最甜同学梦”已唱得人如醉如痴……由于各种原因没能到场的同学也不甘寂寞，柯超诗作连连，频表遗憾；恒扬、武力、学武、永棣、立平、海峰等祝福不断，一直通过网络或电话参与，不无叹惋，向阳更是全神参与，连专发五老的红包也不放过，幸好深圳同学捐助的高档苹果手机只能在现场抽取。

▼ 最甜同学梦

而这一切，都得感谢深圳所有同学的精心策划组织与周到服务。颇负盛名、坐落于国宾大酒店内的悦景酒家提供的西餐厅豪华优雅大气，在建南的刻意安排和辉强的积极参与下，布置得舒适安逸且情调十足：正面墙背景上“五老华诞十班乐”的潇洒字体格外醒目，下面三张照片——两张往年全班聚会的合影一看记忆犹新，中间五老前年在武汉聚首之风采跃然眼前；侧面墙上两块液晶显示屏，滚动播放着同窗36年来的一些经典画面，每一张都是一个故事，无不历历在目、惹人遐想；回忆祝福，合影献花，相顾抒发；洁白的桌布，芬芳的瓶插，精致的点心，令人垂涎的菜肴和醇香醉人的美酒，仿佛在打造一个温馨得使人流连忘返的家园。

若非建南一如既往地慷慨赞助并用心动情地谋划，若非深圳同学的全身心投入——红英竟然动员全家参与接送，连小孙子也到场助兴，若非雪莉组织九美撑起半边天使活动色彩斑斓，若非凯湘放弃已定好的出国讲学计划、建萍克服老人需要照顾的困难带病前来……五老何幸之有、何福之有？

男生穿着唐装，女生一展旗袍，共同唱着我作词的《今生遇见你》校友歌（亦是班歌），感到滚滚红尘里，逍遥天地中，今生遇见你真是斗转星移的缘分；风雨西窗中，歌乐情怀与法学阶梯铸就了我们的品性，法律人不怕江河湍急，面对着浮躁喧嚣，我心依旧不负当年；大千世界，信赖和友爱永远令人欢喜，同学梦的甜蜜就在于互相搀扶、不求功利，就如同云与水的关系，云从水中来，升得再高，飘得再远，依旧会回到水里……

风雨西窗同学梦，几多情愫意难穷。

鹏城五老童心动，酒烈杯温感泪融。

感激你们——亲爱的十班同学。此时想起席间九美感动地对男生说，做十班的女同学真好，太受宠了。我们也想说，做十班的五老真幸运，和你们在一起真的年轻了许多许多，我们一定会保持良好的生活态度，做到身心健康，借用凯湘的诗：

永远铸就十班魂，长引十班情！

2017年11月20日

大学印迹

——我和我的班

一般而言，当今读大学，是一个稳定成熟的国家公民应当拥有的基本权利，也是现代文明条件下对一个主流社会人的基本要求，更是一个人自我人格完善应该拥有的基本经历。但是我们那个时代，由于众所周知的原因，读大学几乎成为一种奢望，大学生被誉为“天之骄子”，于是那时的大学校园生活便笼罩在种种炫目的光环之中，为人津津乐道。

写这篇文章，并不是我的大学故事有特别跌宕起伏的情节和他人不及的心得体会，只是为了表达一份心意以纪念入校40周年，同时给多次要求我写点回忆的同学们一个交代。

四年时间，不短也不长，读书考试、实习写作、文艺体育、聚会郊游，以及恋爱交际、吃喝玩耍，不知从何说起，选几个侧面说说吧。

高考与入校心情

读过很多人写的高考故事，尤其是经历过“文革”蹉跎和农村苦难生活的版本，总是让人百感交集，万般感慨。我的高考既没有什么艰难曲折与戏剧性，也没有多少可以励志和炫耀的东西。

40年前我考进大学时已经24岁，那是在几乎放弃时的最后一搏。如果1974年我高中毕业时高考制度没有“休克”，以当时的成绩定能考上很好的大学，然而却沦入上山下乡的大军。恢复高考前夕，我又“幸运”地成了贵州省商业学校（中专）工农兵学员。记得那个温暖如春的1977年冬天，刚参加完学期考试后我逾墙来到隔壁贵阳六中考点，见到

▼煤渣球场逞头技

▼老校区图书馆，几多记忆难关。

高考题目时觉得很简单，一时心烦意乱、五味杂陈！回到商校后找老师提出想退学参加高考，被一位校领导抢白了几句，说“放你回红枫湖（知青农场所在地）去当一辈子农工”，我于是胆怯地不敢再提起。次年毕业后，才知道必须工作满两年才能参加高考，看着身边的同学伙伴们一届届骄傲地戴上令人炫目的徽章走进大学校门，我是既自卑又伤感。等到1980年可以参考了时，已经有点心灰意冷，故也没有认真准备，好在凭着老底子挤上了重点线。由于中专读的是计划统计专业，且那时对文学感兴趣，因而填报的第一志愿是武汉大学经济系，第二志愿是中山大学中文系，但被第三志愿录取进了西南政法学院法律系。

由此，即便进了大学，心里并不怎么开心，尤其看到西政简陋破败的校园与理想充满着巨大差异，身边同学又多是小六七岁、不知天高地厚的毛头小伙，于是最初的心态是茫然和惴惴不安的。记得刚进校时食堂离得很远，每次与一两个年龄相当的同学去打饭时，一路上都在相互倾诉抱怨，并对年级和班里活动表现出轻视冷淡。直到大一下学期开学时，发生的两件事改变了我。第一件是大一上学期的三门考试成绩出来，我政治经济学仅得良，党史才及格——这已经是班里较差的成绩了，原来自认为这几门功课比起那些小同学在阅历和理解上有很大优势的，后来才知道自己连起码的学习和考试方法都没有掌握，内心便很震撼而惭愧。第二件是竟然得到班里同学信任被选为民选班长，实话说当时并未做半点争取，但结果不仅是一份感动和责任，更撬动了我的潜在愿望——以前长期的逞强好胜与骄傲自负顿时让我振作活跃了起来。

专业课与业余爱好

说来好笑，也许出于文学天性，初进校门时我对法律既不了解也缺乏感觉，记得开始上法学基础理论课甚觉枯燥乏味，直到接触刑法学以后才开始有了点兴趣，但始终不是十分地投入。每学期几门专业课，基本上是平时听听课，考试前抱佛脚，一般考试前把课本再通读一两遍，然后找老师问这问那，其实是猜重点，套考题，不知不觉练就了应付考试的本领。从第二学期开始，四年读下来，几乎科科成绩都是优秀。班里有同学看到我业余生活丰富，学习似乎没那么努力，不服气怎么老是考优，于是天天盯着我一起上自习，结果那次考国际私法很多同学不及格，我还是拿了优秀。其实大学期间我没有哪门课是特别上心的，没有经常去图书馆（偶尔去去常常是看闲书），也没有专门背过什么法律条文，更没有发表过专业文章，只是课外读了一些辅助书籍。那时可读的书很缺，突然听说解放碑书店有狄德罗、卢梭、孟德斯鸠等的法学名著卖，便节衣缩食筹出钱赶去买，自己买的书不读也可惜，便大都读了至少一遍。印象中《论人类不平等的起源和基础》《社会契约论》《政府论》几本书甚至是在歌乐山麓或烈士墓读完的。最值得夸耀的是写毕业论文，一贯喜欢追求新奇的我选了审计法题目，结果懂会计的辅导老师对我说这门学科太冷门，让我自己研究，但基本上找不到参考资料，最后我的论文只得了良好。没想到毕业工作后该文章竟然成了我在专业杂志上发表的第一篇论文，并且由此发挥的另一篇审计论文1988年荣获了贵州省首届哲学社会科学优秀成果三等奖，当时几乎属于填补空白的研究成果。

除了学习以外，诸多的业余爱好充填了大部分时间。我自小喜欢体育，球类棋牌几乎无所不会，但身材不佳，基础不牢，水平有限。入校前因在特长栏里填了会打篮球，一进校就被体育教研室蒋淑君老师找去，说："打篮球你可能个子小了，会不会打羽毛球？"我说会，便叫当时学校的王牌球星与我试了几拍，搞得我十分狼狈，才知道自己哪里会打羽毛球，只会点"野毛球"！但蒋老师说我身体素质好，可以练，于是我进了学校羽毛球队。将近四年，除了放假期间，每周都要练习两到三次，每次两到三小时，其中之苦累和自愧笨拙不知多少次打击得我想逃避，每一次训练下来淌的汗水可以用盆装，一瓶啤酒一仰脖子不换气就能喝光。

由于小时候没有接受过正规训练，兼之天赋不足，尽管十分努力，但水平在球队总落下游，由此又有些自卑。每次打比赛，既想上场又怕丢分，记得有一次与西师决赛，我少有地出任单打，与西师名手打得难解难分，最后几分扛不住还是输了，下来难受得不行，蒋老师和队员们安慰我说本来就是安排我去丢分的，后来虽然整场比赛我们赢了，我却始终高兴不起来，因为总是输的多，好不容易有了那个翻身的机会还是没把握住。

不过打球也给我带来了许多快乐，作为西政王牌球队（拿过许多冠军）的一员，穿着荣耀的队服走在校园里那得意劲就甭提了。我还把班里潘同学介绍进了球队，一个班有两个校队球员，好像也是绝无仅有的，于是便有条件与潘同学时不时在学生宿舍中间场地上舞几拍，吸引得两边宿舍楼窗户里满是艳羡的目光。

除了羽毛球，我的篮球水平也不差，是年级队主力，我班篮球属全年级翘楚，班里头号主力张同学还被票选为全校十大球星。但班里更多的同学喜欢足球，于是也常常会与大家在煤渣铺就的简易球场上踢球，

▼老生小品擦皮鞋，忘情岁月。

经常是弄得满面黢黑，遍体鳞伤。最快乐的是打完球后，唱着歌在浴室里冲个澡，然后一伙伙穿着轻便衣裤浪着去学校大门外吃“邱四馆小面”，特别高兴时还会搞顿啤酒加火锅。

20世纪80年代初，正好是改革开放铆足了马力的时候，一切新的时尚的东西也都会在高校迅速流行，跳交谊舞正好已闪亮登场。由于进大学前学了一点，在学校舞会上顿时成了佼佼者，进而在班里扫舞盲，交谊舞很快拉近了男女同学之间的距离，刺激了很多浪漫搞笑的故事发生。然后就是各种郊游，磁器口摆渡，桃花山赏春，沙坪公园搞同乡会，而对西政学子而言，最难忘的肯定是各种登歌乐山活动，记得有一年重庆难得下了大雪，大家都忘情地拥向歌乐山，教室里变得空空如也。

班风与逸事

我们十班共44人，被班里同学戏称为五老（5个1956年的）、六少（6个1964年的）、九美（9个女生）……在西政1980级，每个班都会有几个与我班五老一样当过知青或当过兵进过工厂（有的还兼而有之）的同学，进校后基本上都成为学生会、党支部、班委会骨干，鉴于这些同学的阅历、能力与经验，学生事务大多由学生干部自行管理，这些人的修养、品格、作风等自然会潜移默化地滋养着班风。我作为班长（从第二学期一直任到毕业），又在班里年龄最大，得到其他四老及党团班委干部的拥护和支持，几年来主持处理着班里一应事务，从传达落实学校相关管理规定到组织参加学校各项政治与学术文体活动，从安排功课讨论、模拟教学到配合搞好去公检法实习，从协助评审助学金到不时启动困难帮助，从策划组织班级活动到开展评比表彰，从关心每一个同学的具体身心健康到配合学校搞毕业分配，扪心自问是尽心尽责、任劳任怨的！值得肯定的是我始终奉行一个原则，“己所不欲，勿施于人”，平等公正对待同学们的愿望诉求，营造轻松自由的学习生活环境，尊重每个同学的兴趣爱好，以身作则尽量起好带头作用。

西政1980级共10个班，论起班风来真是秦楚有异、各具特色，有时候会很奇怪地琢磨，同样的生源，随机分配的成员，一样的学习生活环境，怎么会形成不同的班风？我所在的十班，当年既没有产生学校级的学生“领袖”和学习标兵，在学校运动会文艺会演等各类主流活动中也不太出彩，学习风气与班级综合形象还一般般，但十分团结友爱，崇真务实，谦抑包容，气氛活跃，且“怪才”又多，形成互补优势，结果在很多关键时刻能出奇制胜，勇拔头筹。印象很深的如歌咏比赛，虽没有学校宣传队骨干，我班却在张同学（女）优美娴熟的指挥下，把《华沙革命歌》唱得荡气回肠，荣膺年级第一；毕业前夕的会演，我班充分发挥诙谐风趣滑稽人才优势，自排自演的哑剧《西班牙斗牛舞》火爆全场，连演两天，轰动校园，幽默的领演者刘同学成为当之无愧的第一笑星。此外，我班篮球总是年级冠军，羽毛球、足球等颇有影响力，象棋团队所向披靡，围棋、桥牌水平也从无到有、日渐成长。最值得炫耀的是当今大家都趋之若鹜的摄影，当年在我带领下不少同学精于此道，还在年级办公室固定设置了暗室，自拍自冲自洗，有的还借机邀约女同学外出显摆，如今翻出毕业纪念册来，里面的照片依然有着相当的艺术水准。毕业前夕，我班几个同学还专门搞了一次摄影绘画展览，不过能让人记住的恐怕只有周同学的那幅《蒙娜丽莎》油画。

▼课间展技艺、学雷锋。

想必班风的形成，既与班里每个同学的经历、性格、情趣等有关，恐怕也与特殊时代年龄结构差异下，以大龄同学为主加上那些人品、气质、才华上乘的同学，不同的因缘聚合而来。记得刚进校门时，不少同学很有少年得志的感觉，喜欢显摆高考得了多少分，慢慢相处下来，才知道山外有山楼外有楼。一来农村同学较多加之年龄偏小，从小受条件限制难有文艺体育方面的培养熏陶，往往缺乏文体特长；二是要全心对付高考，除了功课外很少阅读课外书，故知识比较单一；三则缺乏社会阅历，不太懂得怎么与人相处，吵架打闹之事屡屡发生。还有的同学喜好独特，喜音乐的，爱军事的，好武功的，不一而足。但他们都是聪明好学之人，于是晚上熄灯后大家认真听老大哥们的说教然后热烈讨论有之，想方设法跟着有文艺体育特长的同学打球跳舞交际者有之，遇到各种问题和烦恼，借喝酒聊天频频提问讨教亦有之……

当然，影响是相互的，我们五老也从这些小了六七岁的同学身上，领教了什么叫天赋加勤奋、才华与活力。贺同学的书法，周同学（女）的歌喉，苏同学的诗书，刘同学的文笔（恕不尽述），无不在当初就展露了天分和功底。多年以后，这些同学身上爆发出来的能量的确让人望尘莫及，回想这些法学界知名教授、省级司法领域掌门人、商界翘楚、精英律师过去的点点滴滴，真是感慨万千呀。

青春朦胧生故事

十七八岁青春期，是人生最具浪漫与激情之时，尤其是与异性相处。我常常会想起读过的某本名著里，形容年轻人宣泄情感——犹如一匹野马拼命奔跑中恨不得用脚踢破自己的血管，让血液喷涌出来以求心性平衡。这虽然有些夸张，但很好地诠释了那些为情所困的故事。我们这些老大哥过去已深有体会，大学校园里更不乏精彩情节。比如，踢足球之所以深受男生欢迎，就在于最能释放男性的荷尔蒙；郊游既可愉悦身心，还能拉近少男少女的距离；文学名著不仅吸引读者心灵，也容易成为情感媒介；舞会的魅力，当然是异性之间有了身体接触的机会；实习期间男女生同吃同住同行，岂能不孕育一段段恋情。有一幕印象很深：当时学校女生打开水必须经过男生宿舍，我班寝室又在二楼，于是每天饭后打开水之时，便是很多男生最快乐的时段，尤其是姿色美、风韵足、名气大的女同学走过，楼上楼下（不少他班同学也故意坐在路边石坎上）不知有多少欣赏贪慕的目光投过去！

相信每个班都会有不少“求爱”故事，论夸张和新颖肯定比不上今天的大学生，但骨子里的浪漫和深情一点不输。如某同学就能用一串红豆或一片枫叶写下情诗追求心仪的女生；某同学刚与他班一女生交往，每天都禁不住要在男性堆里“显摆”，后又为恋情不再急得直哭；某对男女秘密恋爱两年多没被发现，结果男生看见其他同学同女朋友开玩笑急得暗自跺脚；某两男生看上某两女生，班级看电影时费尽心机让发票的同学分别安排他俩和她俩坐在一起，结果一个回来抱怨“咫尺叹鸿沟”——座位中间正好有过道，一个则哀诉唯有“望洋兴叹”——女生精明地把座位换到后一排；某女生皮肤白皙、面容姣好，每次上大课都会迟到，给仰慕者留下深刻印象，于是追求者成排……（此后省略数百字）。

说人不说己，大家不高兴。那阵什么“对口班”“同乡会”“兴趣小组”，往往能成就男女生的交往，很多成熟一点的男同学懂得抓住这

▼苦尽甘来，赛后合影。

个机会，而女同学由于生理特点也容易看上年长阅历丰富的男生（犹如今天的大叔）。那时大龄同学已不多，且有些入校前早就心有所属，有的还被学校教职工俘获了，加之男女比例失衡，同班同学最终成为一对的概率较低，跨年级相好的相对较多。作为当年的适龄青年，我也是在校园里找到了师妹，其中的爱情故事就不渲染了，反正如今我们仍然琴瑟和鸣，相互搀扶。只记得那年月谈恋爱没有地方，诚如许多同学回忆不过是爬歌乐山、转烈士墓、逛公园、走铁路、看电影，我因与某留校教师交好，故还能经常下班后利用他的办公室。最搞笑的是学校新落成的图书馆后面环境幽雅怡情，于是天一黑就有人去抢占位置，一些同学便私下约定，轮流计时到那里谈情说爱。

最甜同学梦，今生遇见你

开始提笔时想把此文写得正经理性一点，写着写着便进入了对大学同学的回忆和牵挂之中。我想，读大学不仅树立了目标，陶冶了情操，掌握了学习研究方法，培育了法律意识，更重要的是增强了自信，具备了入世打拼的能力与勇气。此外，还有一个重要收获就是有了一大帮精神层面有共鸣进而心心相印的同学，仿佛是冷漠人生的一种救赎，从此无论得志失意冷暖悲喜，都有人理解支持分担帮助，有如是友谊，夫复何求！

转眼进校40年了，毕业分配前的情景还历历在目。想起大四下学期，人心似乎都散了，组织活动已很困难。报名考研的一心只在功课上，等待毕业的忙于写论文或完成其他未尽事宜，谈了恋爱的成天商量怎样争取分配在一起，更多的人想到的是踏入社会后怎么去应对事业的挑战。即便如此，十班还是把毕业前的活动搞得有声有色，为参加毕业演出不善乐器的敢于登台，联欢会平时性格内敛不喜张扬的勇敢表现，男女生不再羞涩地互相打听去向，男士间则更是把酒言欢，勾肩搭背，倾诉衷肠。最后聚餐结束分离的那一瞬，很多同学已是伤感万分，无语凝噎了！

毕业以后我班几年一次全班聚会，从深圳到重庆，从昆明到武汉，尽管大家还在工作岗位上，但大都能够克服种种困难前来参加，昆明时40人，武汉时41人，这个比例估计可以登吉尼斯纪录了。而每次聚会，都有同学主动赞助经费，提供服务，把活动策划安排得周到精彩、热烈活跃，且聚会时并无炫耀发达、争强斗胜之举，大家总是互叙离情，互通款曲，进而相慰相扶相鼓励，共同去迎接事业与生活的挑战。最难忘2016年冬天，班里几位深圳热心同学牵头在鹏城精心策划了一个活动——为班上“五老”祝贺六十寿辰，实则也是安慰我们退休了，这份温暖的情谊至今仍感到热乎乎的。当时我感动不已，为该活动写了一首歌词《今生遇见你》，班里高唐周等女同学专门请著名作曲家何成平谱了曲，活动中大家共同唱起这首怀念过去、感动缘分、抒发深情、展望未来的校友歌时，不少人的热泪禁不住流了下来。

真是歌乐情怀，法学阶梯，一样风雨西窗，那是何等的缘分，最甜同学梦，今生遇见你。

2020年5月20日

卷二

春意盎然

农场月夜畅想

偶觉窗外瓦蘸霜，
湖水潋滟晴方好，
急履琼瑶觅夜趣，
披满皎洁明月光。
你看那天海行月正满弦，
月下微波轻拍岸；
正寻那嫦娥仙子何处舞，
忽闻水上笛声扬。

不常出门的月仙啊，
一定惊奇——
谁修起了这栋栋瓦屋？
谁点起了这一派亮光？
快迎上去回答，
是我们这一代，
革命知识青年，
到红枫湖拓荒！

耳边是歌声阵阵、笑声朗朗，
热情的声浪压过红枫湖浪潮；
学大寨、赶昔阳，
歌声飞上九重霄。

独立湖畔我凝眸眺望，
片片灯火映入水中央。
清风怎不送桃李芬芳，
送来新翻泥土阵阵香？
兴浓撩起戏水心，
银毡对影无穷趣，
不似太白弄月苦，
青春有为几多人！

繁星点点、
装点着蓝宝石的夜空，
知青的驻地争光夺彩，
那是热情聚集着光华！
明明灭灭的星星，
诱发我们的憧憬……
几度春秋喜相望，
红枫湖将变成这个样：
满坡的茶行满园的果，
青青的秧苗白雪般花，
汽笛扬声机器鸣，
夜来大地银河飒。

假使月光下泛荡轻舟，

漫赏农场美丽的湖光山色；
假使灯光下品论桑麻，
畅谈上山下乡的收获体会。

啊！诗意盎然，
作为农场的一棵小苗，
我唯有爱你呀爱你，
紧紧依偎在你的怀抱里。
明月早过了当空，
月仙已害羞躲去。
借着农场的灯火，
我又在湖畔登上一座山峰。
攀登山峰一重重，
无限风光在险峰，
从农场的明天、
想到共产主义的明天，
哪能按捺内心的激动！

1976年2月23日于红枫湖知青农场

写在离别前

湖光山色，
烟波浩渺，
一钩新月挂树梢，
忽闻笛声绕港出，
离愁别绪似浪潮……

啊，哪能忘得了
——当秋风摆动你蓝色的衣裙，
当茶花点缀你绿色的晴明，
像一阵春风、
我们拥进了您的怀里。

啊，哪能忘得了
——玡珑坝张臂笑脸迎，
红枫湖跳跃纵情歌，
那就是第二故乡啊，
蒸腾起热血和期望！

今天一旦要离开你，
眼中浮现往事历历：
那草木花茎的丝丝缕缕、
缕缕丝丝，
那清流沉露的涓涓滴滴、

滴滴涓涓，
无不牵动拳拳眷念的心。

曾记得……
山坡地势本来蛮荒起伏，
拓荒者脚下怎能不臣服。
湖水呀本来侵占着大地，
愚公来了只有献出沃土。

曾记得……
骄阳如火汗如油，
麦稻飘香银镰舞，
丰背健腿腰似弓，
农友架势多英武！

曾记得……
蒙蒙雾海中驾舟捕捞，
银色网线洒满水中央，
渔夫担子里什么在闪烁？
光彩映照着甜蜜的笑容。

曾记得……
青青茶山果缀满枝头，

好战友谈心树下漫游，
交流磨炼红心的体会，
倾诉主席逝世的哀愁。

曾记得……
片片秧苗翠、片片枫叶红，
阵阵欢歌起、阵阵掌声浓，
少年不知愁滋味啊，
青春的热血在奔涌！

风雨弥漫箫声咽，
野火残月何处眠，
玡珑山凝眸红枫水涌，
今天不能不离开你呀，
依依不舍上路途。

昔我来兮，草色青青，
今我往兮，雨雪霏霏！
几度春秋岂能忘啊，
再喝一口家乡水、
再吻一吻农场土……

1977年

竹 筏

1978年9月27日，参加工作后第一次出差去天柱远口，乘坐竹筏的感动……

生活啊，在你波浪的飞沫里，
穿驰过一只竹筏，
它挤过秋天身旁，
秋天脸上露出惊讶！

——请问你哗哗的流水，
可认识这任性野马？
在那阳光和玉露充裕的地方，
我看见嫩绿的笋竹冒出新芽，
像丛丛蓬勃向上的精灵，
人们都赞美它敢凌云崖。
翠叶像百褶裙一样婆娑，
披上一层淡霜笑挽红霞。
它的枝丫没有旁斜逸出，
它的根基却深埋入土下。
心包是一层透明的薄膜，
宽敞的胸膛能包罗万象。
一节节飞升嘛遥遥领先，
一根根紧靠嘛寒暑不怕！
勇敢地抖落荆棘的羁绊，

蔑视地俯瞰着草丛篱笆。
有时也躬身去抵御风雨，
太阳出来依然垂直挺拔。
当百灵鸟唱起婉转情歌，
当月儿从西边缓缓落下，
它在生的旋律里，
离开了安乐的家！
舍弃闲适和优雅，
甩掉脚下的泥巴，
扑进滚滚的激流，
结成坚固的竹筏！
除了兄弟姐妹的深情祝福，
除了风刀霜剑刻下的伤疤，
除了感激恩者的帮助，
除了嘲笑妒者的尴尬，
它一泻千里、一泻千里嗬，
再没有什么牵挂！

——原来是有的箭矢，
我当是脱缰的野马，
也许奔向沸腾的工厂，
也许躺上琳琅的货架；
也许变成适用的家具，

也许裱出精美的书画；
为家族争光、为人类造福，
又何惧海角天涯！

生活嘀，在你波浪的飞沫里，
穿驰过一只竹筏，
秋风在对它微笑，
卷起那朵朵浪花……

希望、梦幻、失望

不知哪一位先生说过，
人若没有希望就难以生存。
于是我反复反复咀嚼，
虔诚得就像遁入空门。

啊，可爱的、希望的女神，
你掀开多少明丽的早晨，
又关闭多少美妙的黄昏；
你毫不羞涩把酥胸袒露，
勾引了无数忘形的情人。
我要高声诅咒、诅咒你，
你就像一个下贱的妓女，
你也配称古希腊的爱神？
固然，
你能用纤纤巧手浇开百花，
也可以让鲤鱼跃过龙门，
可憎的是你不肯，
把爱的圣馔分赐每一个人。

啊，可爱的、希望的女神，
我抵抗不住你的诱惑，
竟甜蜜依偎在你怀里安睡，
亵渎这青春美妙时辰！

天哪，你把我逗醉，
坠入梦幻当中，
还搂着你的腰肢，吻着你的香唇。
——多么迷人的梦境，
好像伯牙在蓬莱山上遇到子期，
好像太公在渭水河边钓到明圣，
好像范进蟾宫折桂冠，
好像张烘凯旋迎佳人。

啊，可爱的、希望的女神，
要是好梦长留不会醒，
我愿长伴你度过月夕花晨；
要是青春常在不会谢，
我愿永远花柳繁华做痴人。

可是，
你无情地将我从梦中摇醒，
对你是家常便饭、过眼烟云，
我却会惆怅无限、犹疑悔恨，
还怕什么失望，还有什么高傲，
没有享受过温暖担忧什么寒冷？

啊，可爱的、希望的女神，

不要再勾引，不要再奚落，
不要再拿梦幻来把我诱惑，
失望虽然丑陋倒还纯正，
何不由她摆布以了此生！
可是，天哪，
我不能，怎么能……
为什么不把她们都战胜！

1979年5月17日

十四行诗

诗人常把爱情比作浓郁的佳酿，
爱情眼中的诗人似燃烧的炉膛。
清谈家把诗人比作时髦的衣裳，
爱情赠给清谈家以清冷的流光。

我真诚地渴望，
虽不像诗人那般癫狂；
我悄悄地幻想，
未若清谈家那等夸张。
我曾在爱情的来路上等待，
她却在茫茫的天宇里飞翔。
我正要把幻想换回感伤，
她微笑着把我心扉叩响；
仿佛是透出天堂的细雨，
温润中散发着几丝芬芳。

1983年7月某日于西政校园

断　想

我见一棵小草，

噙着晶莹露珠。

我欲摘下小草，

又恐碰落露珠。

待我徘徊良久，

低头不见露珠。

1983年9月18日于西政校园

真像我心中的你

我看见一片洁白的云朵，
漫步在澄蓝的天庭，
真像我心中的你呀，
那高雅愉悦的灵性。

我看见一片银色的羽毛，
飘漾在碧绿的水滨，
真像我心中的你呀，
那年轻美妙的倩影。

我看见一片素洁的雪花，
轻吻着敦厚的大地，
真像我心中的你呀，
那慷慨含蓄的真情！

1983年10月14日

自由

他习惯了无拘无束，
就像大海里自由驰骋的船帆。
突然，海浪将船儿颠簸，
风暴洗刷着桅杆。
哪有自由自在意志，
不受大自然的使唤。
他亦被情感的电子击中，
冲撞后发生了热能转换。
自由之光照亮了他的神性，
美的心愿垄断着他的情感。
他愉快得像一只帆船，
在温暖的避风港里稍站；
一旦太阳从云雾里洒下，
自由的海洋啊辽阔广宽。

1983年10月22日

散 步

今晚我俩悄悄到沙双公路上散步，多么美妙的时刻！

躲过熟识的目光，
沿着长长的马路；
她走在我的身边，
肩头上银光点点。
那隐约的身影呀，
非把心和心相连；
那阵阵的发香呀，
已弥漫在我心间；
想挽起她的胳膊，
可怜我生性腼腆。

她埋头踢着泥沙，
我每每心猿意马；
晚风轻拂着树叶，
爱火燃烧在唇边；
请丘比特的翅膀，
暂把那月光遮掩。

1983年11月7日

校园之霜

天晴了，

多么难得的霜晴，

那霞光透过薄雾，

洒上教学楼前的石级，

淡白的水汽冉冉升起……

我依恋这晶莹的霜花，

我呆视着涓涓的水滴；

待会儿大家就要走了，

留下的只是隐约的足迹。

你曾映下我的容貌，

你曾揩净我脚上的污泥；

就这样无怨无悔地离去，

你可知道我心中的悲戚。

啃，别离，

纵然是明年能相会，

今天到底非得别离；

那淡淡的水汽，

在霞光中升起。

1984年1月20日

盼日月早移　鹊噪枝头

有时，我恨我们相爱得太晚，
在生命有限的年月，
能有几多欢娱、几回流连？

有时，我恨我们相爱得太早，
当事业争夺的时候，
只得忍痛割爱、天海一头。

有时，我恨我们相爱得太浅，
每每在相依无碍的时候，
为些微事打气斗殴。

有时，我恨我们相爱得太深，
常常会在互道晚安之后，
心中情丝依依、不绝如缕。

亲爱的，自从你走后，
我只在甜蜜回忆中打发时光……

怎能忘燥热气闷的重庆，
并肩走过长长的铁路。

怎能忘清波碧玉黔灵湖，

忘形浪花里嬉戏漂游。

多少次我梦中回到了歌乐山，
你薄雾独步园圃、潜心读书，
醒来只能在日记里记下：
盼日月早移、鹊噪枝头。

1984年9月15日

红的联想

你那鲜艳迷人的芳唇，
曾把爱的图章印上我的额头，
从此那里飞溅的每一淬火星，
都点燃起我心灵的爱火。

你那微微透红的面颊，
仿佛白云间曳过紫霞，
她成天在我记忆里飘呀，
染醉了无穷无尽的思涯。

你那炽热似火的围巾，
此刻应燃烧在我足下？
我会胜过脚踩风火轮的哪吒，
飞遍世界、直到在太阳里融化。

可惜呀，我不是一个画家，
否则我会是更癫狂的梵·高，
我将挤出每一滴鲜红的血，
去创作那永远燃烧的油画。

1985年1月14日

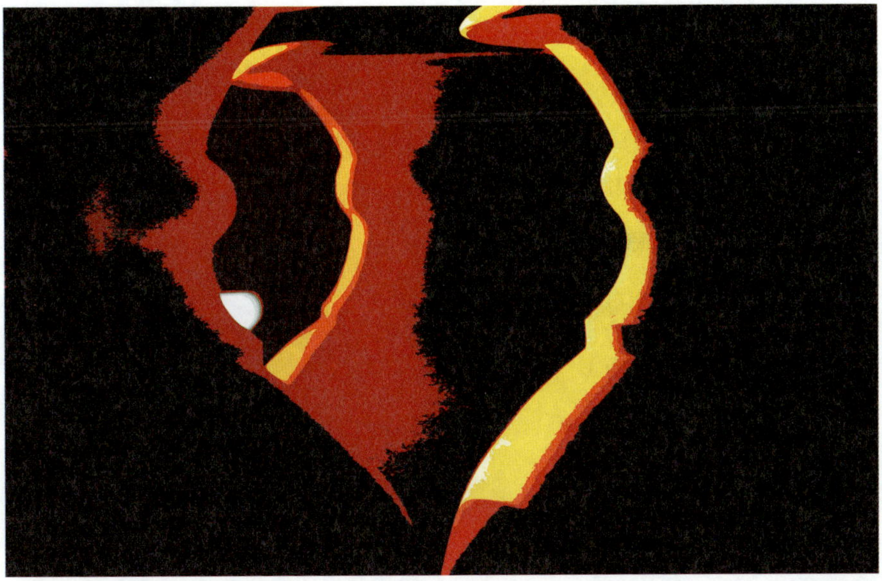

更愿

昔送君兮五更寒，

拳拳一隅兮无言影亦单。

所幸南来雁未断，

红颜兮才疏志大撼歌坛。

风雨八度兮，

高低谁识迢迢路？

凤凰引颈兮，

秦律楚韵行我素！

“陋室”兮素琴金经音犹在，

荣归兮乡风乡语颜未衰。

请君婉转歌一曲兮，

了我夙愿慰尔嘉宾；

愿君清韵醉神州兮，

更愿天涯处处有知音。

1985年1月22日

喜迎贵广高铁通

山呼水跃，玉龙来了！
600年的等待，
几辈子修炼，
8年的煎熬……
往昔啊，
黔水逶迤汇注往珠江，
黔人跋涉走不出沧桑，
大海究竟是什么模样？
岭南一阵暖风，
融化高原凝冻。
去边缘化，
建设两高！
一句响亮的口号，
在苗岭上空翱翔……

从此，
我们不会自卑！
我们不愿封闭！
我们不再迷茫！
冒着讥言嘲语，
背负疑惑眼光，
筚路蓝缕，
穿山越岭，

惊天动地，
苦难辉煌！
一个神话诞生了……

玉龙飞来，
开启高铁时代！
那一声长笛啊，
等得心惊肉跳，
等得热血奔涌！
黔山粤海风云会，
四通八达任性走，
我们来啦！

2014年12月20日

备注：600年指贵州建省，8年指高铁从提出至今。

贺女儿生日

不知不觉，

你长大了。

还没忘幼时懵懂，

便很快无忧无虑顺利成长。

虽有担忧、恐惧、惊诧，

更多安慰和希望。

逐渐生命剥离了，

你自有你的方向。

不知不觉，

你长大了。

我们骄矜地看到，

熟悉的基因在你身上流淌。

那些真挚、阳光、聪慧，

还有坚韧和善良。

我们却在担心啊，

会不会因此受伤。

不知不觉，

你长大了。

我们在为你祈福，

愿太阳每天罩在你的脸上。

生活简单、快乐、晴朗，

当然有爱和健康。

是不是有些贪婪，

愿上帝为你担当。

2015年3月26日

从此牵挂

诗歌、绘画，
摄影、书法，
在艺术的氛围中，
研讨党建科学化。
量子相对、
须弥恒沙，
天地未老，
路在脚下。
我们从哪里来？
我们要去哪里？
这终极问题，
深奥而严谨，
却是真理的阶梯，
也是心灵的奇葩。

缤纷落瓣，
曾是繁花；
小径环绕，
素影铅华。
在平静的洗礼中，
事业同行你我他。
相聚是缘，
从此牵挂；

春天还在，

你会去哪？

那广袤的征途上，

处处都有咱的家。

2015年4月28日

记党校生活

在舒缓的音乐中，
优雅地伸展腾挪，
那太极轻柔含蓄，
把晨光点染几多。

在芬芳的小道上，
匆匆地行走踩歌，

那花草无端牵绊，
步廊桥飞絮穿梭。

在明亮的课堂内，
静静地聆听思索，
那激情搭乘理性，
对世界反复琢磨。

在清澈的泳池里，
慢慢地划水逐波，
那涟漪坦然平静，
从面颊悄悄挤过。

在温馨的灯光下，
轻松地饮茶切磋，
那话题永远简单，
愿明天激荡江河。

2015年4月30日

数林公治黔20韵

壮心不已溯入黔，开山劈水云雾间。
两高神话胜启蒙，振聋发聩去边缘。
后发赶超靠持续，基础环境首攻坚。
灞陵桥上论跨越，龙盘虎踞风光险。
民生发展两谋定，人均半亩口粮田。
长途输送建管渠，探江打井水梦甜。
旱涝无碍石漠退，郁郁葱葱花果鲜。
生态可吃非新论，梵天净土索道连。
教育卫生高标准，大学集聚比长远。
规划引领兴城镇，工业顺势后争先。

穷则变，变则通，谋章布局话林公。
叱咤南国豪气盛，回马经西志在胸。
西南枢纽从此定，避暑胜地四海崇。
修齐治平方正道，为官任重当亲躬。
宽严待人审是非，辨德识才举潜龙。
公明廉威无私畏，依法治事杜邪风。
妻贤子孝家兴旺，朋僚友爱情义融。
书画随心偶寄趣，工程经算胜枭雄。
转眼五载庙堂远，山河巨变小楼空。
政声总在人去后　与民福利乃大忠。

2015年8月20日

写在书君俊华婚礼上

华灯璀璨的黄浦江畔，
郑书君与翁俊华，
演绎着山海浪漫！
高原的秀美，
水手的勇敢，
在相逢的那一刻，
时光在风中飘散。
我眼里是你，
心里也是你，
却忘掉了我
——在哪里？
祝福在飞舞，
星雨不动了，
眼泪在流转！
有过多少吻，
就有多少爱，
相濡以沫的天长地久，
是亲友团永久的期盼。

2015年10月17日

重登野鹿盖感寄老陈哥

重登野鹿盖，
心中更感慨！
云从脚下起，
路被葱茏埋。
入眼疑仙境，
晓风润天台；
茶陇经纬布，
木樨锦绣排。
香盈翠芽醒，
雾漫杜鹃开；
牛涎青草拌，
鸟啼乡思来。

十年苦难老陈哥，
野岭渐变金凤窝；
陆公羽化降此山，
手抟精气便不还。

仙殊揉毓秀，
毛峰缀春衫；
银锅翻雅意，
清韵绕师冠。
绿浮虚室静，

红渗紫烟潺；

谈兴因茶健，

寄情为远帆。

不求揽厚利，

只图耕耘欢；

无为乃大道，

极品藏深山。

十年砥砺老陈哥，

独善兼善请琢磨；

小溪劲在入大海，

平湖自锢奈若何！

2016年4月22日

贵州西政校友会会歌

大道起洪荒，
规绳丈四方，
饱蘸长江水，
书写好文章。

歌乐山是魂，
嘉陵江是脉，
汇聚巴渝，
怀揣梦想还乡。
学笃善行，
德厚法张，
我们自信坚韧，
勇与天地同唱。

采乌蒙之乳，
哺苗岭沧桑，
崛起贵州，
高原洒满阳光。
心本平等，
志尚公正，
我们携手奋进，
共铸未来辉煌。

2016年8月1日

庚子年立春随感

万籁俱寂，

寒风凛冽，

摇曳的白玉兰，

带来春的气息；

白得那么透亮，

白得那么勇敢，

要把肮脏的一切，

擦拭干净——

包括物质和精神垃圾。

瘟疫不可怕，

自古多磨难，

阳光自然会荡涤。

任性与贪婪，

才是大恶魔，

需要彻底去清洗。

摘一束白玉兰，

供奉在家里，

细听白衣天使歌，

推走流言蜚语，

克服焦虑恐惧，

用虔诚和信念，

在寂静的早晨，

期待着，

等待着，

新春的降临。

2020年2月4日

端午感悟

大雨滂沱闲不住，
混淆江与湖。
今年更比往年涝，
花零鸟惊呼。
冠状蛇踪影，
此起彼又伏；
五洲四海皆沦陷，
爱嗔仍追逐。
万般华丽堆诱饵，
一炷净香绕玄都。

庚子多磨难，
卧榻守孤独。
诗酒书茶搭运动，
能饭也疏忽：
三分之一傻，
三分之一枯；
三分之一仰天笑，
奈河桥上比自如。
若遇亲友来相问，
冰心在玉壶。

瘴疠瞬间散，

阳气瀚海铺。

自古风流识晦朔，

席散景也舒。

天地阴阳聚，

人世悲喜诛。

端午涨水年年事，

英雄切莫对潮哭。

弱水三千一瓢饮，

处处有通途。

2020年6月25日

卷三

夏山如碧

好　想

好想过一个炎热的夏季；
没有浓云，没有阴雨，没有忧郁。
每天对着晴朗的山川，
了无杂念，心旷神怡。

好想过一个炎热的夏季；
烈日不倦，袒胸露怀，挥汗如雨。
瘫倒在浓荫下的草地，
闭目观天，无忧无喜。

好想过一个炎热的夏季；
天涯孤旅，潮起潮落，日伏夜起。
挤进海滨煽情的酒吧，
南腔北调，雅俗无忌。

好想过一个炎热的夏季；
赋闲居家，逗鸟喂鱼，经书养气。
偶操蒲扇邀三两知已，
黑白对峙，投桃报李。

2014年6月7日

忆川西行

来一次，
说走就走的旅行。
约上几个好兄弟，
大渡河畔山沟里，
随机乘兴自驾游，
快乐就是目的地。
梦牵魂绕的川西，
无尽惊喜等着你！

那雪山、那草地，
瑶池醉卧白练飞，
牦牛徜徉毡如玉，
牧歌徐徐腥风洗。
贡嘎高，金水长，
美人谷中藏夷香，
康巴汉子青稞酒，
塔楼天籁绕山梁。
氧气淡，生死伴，
大美天地活浪漫。
为求大善不远离，
没图小惠也灿烂。

东透亮，西雷电，

自塑金身颊红腼；
经幡飞舞辞现世，
舍金抛玉赤裸还。
康定丹巴路遥遥，
离天近了没烦恼。
汶川映秀伤痕遍，
虔诚丈量知渺小。
人的悲哀，
在不断贪婪索取。
为什么不，
安于大自然襁褓？

2015年7月8日

青海湖怀想

大美大爱青海湖啊，
今天终于与你邂逅。
那湛蓝纯净的水波，
凛望着蓝天和白云；
有多少联想与感动，
这瞬间竟蓦然执手。

我眼里的青啊，
是原始的混沌糊涂，
是自然的生命滥觞。
是高原豪迈的吟唱。
不管风刀霜剑，
永远坚韧倔强。

我眼里的海啊，
是雪山的浪漫转世，
是情欲的冲动夸张。
是野性不改的蛮荒。
任凭神火诡焰，
有缘遗梦他乡。

我眼里的湖啊，
是心灵的流浪寓所，

是菩提的智慧锦囊。
是无我也在的天堂。
日月带来光明，
雨露孕育希望。

大美大爱青海湖啊，
有多少留恋的回眸。
你的雄浑里有微笑，
你的庄严带着慈悲；
待雪封咆哮的旷野，
愿相会寂静的归途。

2015年9月2日

海滨送夕阳

夕阳蹒跚着落下，
那橘红色波浪，
仿佛记忆里、
稚嫩的涂画。

坐在礁石上看海，
目送风帆远去，
销魂的魅影、
把相思剪裁。

踏着细软的银沙，
数一行行脚印，
那是长长的、
寻找和牵挂！

潮汐筛走了余晖，
水梦枕着星光，
模糊中蒸腾，
抱远方入睡……

2016年7月4日

相遇相辞北戴河

晚睡早起，
兴奋不已，
随时扑进，
你的怀里！

你可是我的襁褓，
用温馨包裹，
如此甜蜜、
那样安静。

你可是我的摇篮，
用浪漫启蒙，
如此依赖，
那样惊喜。

你可是我的初生，
用遐想孕育，
如此惬意、
那样神奇。

你可是我的挚爱，
用情雨浇灌，
如此缱绻、

那样旖旎。

你可是我的寄寓，
用一念牵引，
如此心醉、
那样游弋。

离别在即，
面海而立，
尘缘未尽，
今夕何夕？

2016年7月6日

观彝文化风情时景表演阿惹妞有感

乘着太阳鸟，
从远古飞来；
这是洪水冲刷的峻岭？
问神秘的毕摩和苏尼。
火赋激情、火在水上，
水性善宥、水为火翔；
蛮荒里美丽你的苦难，
涅槃中心疼你的风采。

月光下织布，
阿妈在哼歌；
梦里搂紧鲜艳的嫁妆，
山风揪心地敲响银饰。
水样柔情、火般炽烈，
水火互济、家支辉煌；
朵洛荷黄伞弥漫四野，
汉子的弓箭光影翻飞。

天地鹰和虎，
彝人的智慧；
蜿蜒不绝的火把长阵，
是娶亲和哭嫁的轮回。
索玛泣血、格桑劲舞，

琴弦悠远、马踏夕阳；

阿惹妞的歌声与魅影，

把星河夜空洒满酒意。

2017年5月10日

游看丹霞地貌

抵达河西走廊，
游看丹霞地貌；
跟着人群乱窜，
反正只是拍照；
风景实在太美，
忙得只有憋尿；
玩到太阳落山，
回来喝酒睡觉。

2018年8月29日

鸣沙山与月牙泉

天上飞着滑翔机，
沙丘走着骆驼队；
鸣沙山上人拥挤，
月牙湖边大妈醉；
边塞斑鸠喜热闹，
越野吉普相互追；
夕阳偶尔露尊容，
沙土蒸发驼骚味；
爬坡脚软气喘吁，
坐车又嫌腰背累；
归来洗净沙与尘，
美景美食一锅烩。

2018年9月2日

秋览赛里木湖晚霞

大西洋最后一滴眼泪，
洒落在这里；
嫁给天山雪水，
育一片净海。

你比起其他高原湖泊，
更缥缈文艺；
天鹅点缀蓝天，
霞飞进浪里。

你清幽翡蓝优雅从容，
蕴无限生机；
拥抱宽广草原，
滋润着情谊。

秋风吹我到赛里木湖，
花漫过沙堤，
夕阳温暖橘红，
爱无边无际。

2018年9月8日

野 草

谁播种、春甦夏涛，

这些朴实的野草。

躲开喧闹的都市，

覆盖荒凉的坡岗。

长起来、又被锄掉，

这些倔强的野草。

不因被割而偃息，

却为新生而疯狂！

有轮回、不怕秋刀，

这些勇敢的野草。

失去了暮日繁华，

会等来新春曙光。

2015年8月7日

马达加斯加岛遗思

我躺在南印度洋上，
听着呼啸的、
莫桑比克海峡潮风；
落日沉坠心头，
心缰野马无助。

稀树草原穆隆达瓦，
海潮把孔雀石浸绿。
蓦然见到猴面包树，
惊诧得以为是仙株；
独霸天涯，
风姿楚楚，
在夕阳映照下，
绚丽煽情，
如火如荼。
可千百年看到的是，
衣衫褴褛。

家徒四壁，
忙碌成干旱，
炎热隐哀怒。
红树林救不了渔村，
能撸走黄金兼宝石，

带不走祈求与尘土！

世界遗产昂达西贝，
富藏着绝世动植物。
茂密阔叶林，
孕育着狐猴；
天下猢狲多鄙陋，
此猴高贵且消愁。
蛙龟蜥蜴变色龙，
朱槿大丽洋金凤，
眼花缭乱，
不一而足。

憩息在豪华酒店，
用小费呼唤“黑仆”；
怎么也难以高兴，
我们也曾经茹苦。

咫尺之间，
天堂地狱，
是启程还是归途。
首都塔那那利佛，
号称最美的城市；
女王宫高高在上，
五颜六色欧式建筑，
依山错落，
鳞次栉比，
被翠绿色的田野、
与恬静湖泊拥簇。
城里却充斥着，
垃圾污水尾气，
并拥挤的魂灵。
晨光轻抚着安露茜湖，
水岸蓝花楹如此美丽，
露珠浸润花瓣，
掉进游人脖颈，

仿佛错嫁姑娘的眼泪，
谁不心生怜楚。

我翻开一本《非洲简史》，
传言与见闻、
理性和情感，
为什么总那么格格不入，
人类究竟是从哪里走出？

2018年10月31日

船行印度洋遐想

我乘船驰过印度洋，
陶醉着异域的风光；
不知疲惫和烦恼，
莫非带了件新衣裳。

我乘船驰过印度洋，
忘记了身边有行囊；
海风吹干了眼泪，
要寂寞时快去流浪。

我乘船驰过印度洋，
陪海水蒸发云霄上，
把命运洒到风中，
不用管心灵向何方。

我乘船驰过印度洋，
手里的船票有芳香，
千年就等这一刻，
看晚霞醉透不思量。

2018年11月5日

法国海外行省留尼旺游记

印度洋西一小岛，
富贵文明风景好。
千古堆积靠火山，
生命源自微藓藻。
拔海扶摇三千米，
梯度植被比娇俏。
坡地阳光水分足，
牛群自在嚼香草。
峰腰柳杉林密处，
沟壑横云挽斜照。
地心岩浆找喷口，
福尔奈斯仍活跃。
高台宽广又荒凉，
登月何须太空跑。

冰斗葱茏气清新，
飞瀑流丹佛手摇。
埃尔堡村胜桃源，
奇花异树仙雾浇。
深蓝泻湖水清澈，
俯赏鱼戏珊瑚礁。
沙白浪翻曲岸秀，
比基洋女晒妖娆。

巴黎路上品油画，
港口炮台拍夕照。
游艇码头夜酒急，
万里乡音胜投桃。
法式浪漫透骨髓，
掏尽金银买逍遥。
海上仙山一念近，
拂星跨河天不遥。

2018年11月6日

喀纳斯暨新疆之歌

雪峰和白云，
哪个更纯净？
雪峰是白云的摇篮，
白云是雪峰的记忆。
我爱雪峰那般高洁，
更爱白云如此飘逸。

圣湖和蓝天，
哪个更深邃？
圣湖是蓝天的今生，
蓝天是圣湖的前世。
我爱圣湖饱含灵性，
更爱蓝天妙藏禅机。
花海和霞光，
哪个更美丽？
花海是霞光的知音，
霞光是花海的闺密。
我爱花海持续绽放，
更爱霞光铺洒情义。

星空和篝火，
哪个更动人？
星空是篝火的涅槃，

篝火是星空的洗礼。
我爱星空弥漫联想，
更爱篝火闪烁神奇。

牛羊和姑娘，
哪个更诱惑？
牛羊是姑娘的嫁妆，
姑娘是牛羊的皈依。
我爱牛羊勇于牺牲，
更爱姑娘春风十里。

风雨和烈酒，
哪个更醉心？
风雨是烈酒的媒介，
烈酒是风雨的情敌。
我爱风雨偶尔娇纵，
更爱烈酒总是豪气！

2018年9月11日

夜宿喀拉峻哈萨克毡房

水滨毡房，
暮色飘香。
草原正蒙上面纱，
牧笛唤归着牛羊，
炊烟扯远了村庄。

酥灯暖帐，
夜宴流觞。
邂逅了一个哈萨克小伙，
还有美丽的维吾尔姑娘。

小伙唱着情歌，
歌名叫作《等我》；
客人如醉如痴，
歌声爱远意长。

姑娘长袖善舞，
风起流星撞目；
客人频频添酒，
倒映弦月波光。

水滨毡房，
夜静如霜。

听得见草的呼吸，
闻得到雪的清凉，
朦胧中梦入他乡。

2018年9月9日

江布拉克遐想

我躺在天山下，

掬一捧泉水，

思无涯；

我躺在天山下，

含一枝雪莲，

心入刹；

我躺在天山下，

牵一匹白驹，

魂在哪？

我躺在天山下，

哼一曲牧歌，

拽云霞；

我躺在天山下，

做一个香梦，

恋着她。

2018年9月4日

行吟青海湖

绵羊攀爬过嫩黄坡岭，
牦牛出没于茵绿秋甸；
七月的阳光温暖多情，
雪域寒芳让思绪飞天。

还那么沧桑古朴，
胜似格萨尔王的崇高；
又如此深邃明净，
远比宗喀巴悲悯逍遥。

揽尽西域的恒沙，
大将军雄风塞外恃骄；

奔向藏地的精魂，
公主英姿胜瑶台玉雕。

端坐在青海湖山巅上，
望着湛蓝深幽的波涛；
荒漠正托起滚滚云海，
心被撩得像水滨牧草。

明月挤进了客栈飘窗，
湖面辉映着梦幻星光；
雁叫马嘶从莽古飞来，
昆仑侠依旧纵马横枪。

醒来便背起行囊，
取一瓢弱水回眸无殇；
再不为眼泪闭关，
辞别你奔向诗和远方。

2018年8月27日

慕龙达瓦走访狐猴驰笔

百里奔驰看狐猴，
日烈林深棘刺灸；
俏眼童心迎远客，
不见瓜果见镜头；
长枪短炮找角度，
枯叶掩脸懒相求。

尘土飞扬崎岖路，
黑汉拦路填穷沟；
可叹非洲太悲苦，
美景罕物倍烦忧；
猢狲树上千古命，
瀚海何处泊方舟。

2018年于马达加斯加

都柏林印象

其一：市容

安宁、古朴，
清爽、洁净，
时而阳光时而雨。
古树衬托红砖，
教堂飞鸟云集。
踩在青石板上的、
是健硕的双脚，
或高跟鞋俏立。
斜阳拉长了波光，
酒吧漏出些涟漪；
即便摄入镜头，
却怎么也难有，
眼睛看到的美丽。

其二：圣三一学院

优美、厚重，
典雅、静谧，
比照剑桥和牛津。
价值源于内心，
诚恳即是上帝。

神圣殿堂已孕育、
那芳香的诗作，
与动人的旋律。
老祖宗拓荒经文，
跨千年颠沛流离。
费尽心思推理，
却仍然会惊诧，
思想能酿就神奇。

其三：移民博物馆

声光、数据，
岁月、晴雨，
叙述凯尔特神奇。
殖民饥荒战争，
布道冒险采集。
勇敢去闯荡世界、
流淌坚强血液，
演绎创新传奇。
文明每一步涅槃，
都印下你的足迹。
无论政坛科技，
还是音乐体育，

有谁能如此砥砺！

其四：健力士啤酒馆

欢快、浪漫，
喧嚣、迷离，
碧空中弥漫酒气。
登上七级浮屠，
喝个三生有幸。
九千九百年租约、
若非人性狡诈，
定是制度魅力？
每人端一杯黑啤，
在音乐声中陶醉。
天下酒庄无数，
独见如此运作，
竟赚来蜂拥人气！

其五：凤凰公园

宽敞、气派，
精致、温馨，

美丽得令人窒息。

风起花香弥漫，

霞落草色氤氲。

今朝阵雨更多情、

一瞥梅花鹿眼，

整个秋波不惊。

浓缩翡翠爱尔兰，

见证繁荣缘独立。

百闻不如一见，

始信域外有天，

凤凰栖处最旖旎。

2019年8月13日

冰岛黄金圈即景

黄金瀑布

躺在冰川修炼千年，
如今欢快来到世间。
阳光峭崖为我理妆，
带着爱恋、
扑向海蓝云天。

间歇泉

地心偶尔呼吸，
化为一股乳汁。
于是：
涌起眼泪和血液，
把爱吹向空中，
化为白云、
朵朵在飘扬等待！

辛格韦德利国家公园之古老议会

一千多年前，
北欧人、
欧陆人、
海岛人……

在广场上开会。
讨论自治，
讨论未来，
绵延数百年实践，
孤独的永恒话题。
从此：
民主与自由，
在貌似平等基因里，
又恨又相爱。

欧亚大陆与美洲大陆裂缝

平静清澈的雪水，
揉搓着两大板块。
错落的地平线，
依然两个邻家。
若是情人旷世姻缘，
等你跨过爱河、
牵手回家？
若是兄妹暂时别离，

越过高耸石壁、

挥手天涯！

2019年8月15日

游剑桥打油诗

秋染英伦原野俏，
兴致匆匆赶剑桥。
大学城里游人众，
丽日蓝天彩云飘。
王后学院神幽静，
校园花茂楼悄悄。
国王学院大教堂，
风琴摇烛似默祷。
轻轻哼起志摩诗，
挥手趁步过康桥。

约翰学院草坪阔，
梧桐散布学子骄。
叹息桥上莫回头，
天下龙凤半尔曹。
船游康河已入画，
只恨须长难再少。
强梦须先强教育，
千年沃土百年浇。
归来极目车窗外，
满目风景惹心潮。

2019年8月22日

剑桥无诗也当吟

康桥，
记忆里，
仿佛来过，
为某个情节，
寻找那块石头，
不带走一片云彩。

剑桥有多少学院？
康河尽情流淌，
遥远的钟声，
那么虔诚，
忘不了，
今宵。

草地，
绿茵茵，
你若走过，
夕阳的宽阔，
回首皆是尊严，
莫叹此生风雨浇。

大教堂神圣威严，
耶稣就在身边，

跨过叹息桥，

心无挂碍，

你若懂，

我在。

2019年8月23日

伦敦辞吟

来时扑面阳光，

走时阳光扑面……

泰晤士晚霞，

变成了晨曦，

一丝游云，

消失在蓝天里。

新来游客，

已在桥上游弋。

吸一口清新，

拖着行李，

缓缓离去。

2019年8月25日

卷四

秋风乍起

闻邹碧华君突逝哀吟

你倒在了，

开门的那一瞬，

和许多悲壮的英雄一样。

欣喜、劳累、担忧，

还是迷茫地想望……

你淌落的汗水，

会不会凝成珍珠？

你耗尽的心血，

会不会花样文章？

你铺垫的阶梯，

会不会扶摇而上？

但愿你是，

划破苍天的、

那一抹曙光！

而这一切，

竟然在丧乐里徜徉！

2012年12月10日

行 思

晨过观山，山水悄然。

桃李方黯，樱杏渐残。

姹紫鸢尾，嫣红石楠。

芳草依依，翠华漫漫。

翩翩杜鹃，啼血栏杆。

风轮乍起，霞蔚楼船。

坐拥江湖，白鹭长酣。

身陷江湖，去留两难。

2014年4月17日

红枫湖之恋

今天是我们知青下乡40周年的日子，回想起当初每一幕，难免百感交集。仅以此诗与全场农友共念：

那年月，
山是山、水是水！
我们青涩、无奈、迷茫，
但由于冲动、无畏——
朦胧中酝酿着希望！

任凭，
春夏秋冬、风刀霜剑，
欢乐痛苦、踌躇感伤。
红枫湖啊，
你包容了多少爱怨，
哺育了昔日的坚强！

后来啊，
山不是山、水不是水！
我们求索、折腾、张望，
但总是得到、失去——
光阴在悄然地流淌。

于是，

挣扎拼搏、创业谋生，
冷暖淡定、宠辱平常。
红枫湖啊，
你孕育着多少思辨？
滋润了我们的心房。

今天啊，
山还是山、水还是水！
我们自由、从容、怀想，
但依然坚韧、率真——
生命在回眸处绽放。

请看！
夕阳晚秋、千帆驰远，
天地同在、浴火凤凰。
红枫湖啊，
你记载了多少故事，
汇聚出今日的欢畅。

2014年10月22日

回母校看到空校区有感

昔日辞行人匆匆，
今日归来楼台空。
寝舍草满风摇摇，
东山鸟散雨悄悄。

树茂花芬异当年，
筚路蓝缕回味甜。
夜谈无忌岂求知，
南腔北调逞才思。

开水房前春光漪，
煤渣球场喊雄起。
七月流火赶功课，
男女授受故事多。

书山学海青春恼，
歌舞棋牌且逍遥。
清寒不坠凌云志，
酷暑难羁济世心。

法学阶梯高入云，
稚子如蜂旦暮情。
一曲华沙尤荡气，

无声斗牛总唏嘘。

歌乐岭上章台梦，
嘉陵江外彼岸风。
我赋归诗非遗爱，
此中三昧问心斋。

2014年6月10日

夜游后海酒吧街

后海的宁静，
是因为那些喧嚣。
挤过一浪浪人海，
陌生且飘摇。
只有灯光和月色，
看紧身边的妻小。

后海的思念，
是因为歌声哀怨。
聆听那丝丝情愫，
爱恨一瞬间。
酒杯弥漫着猜想，
金属撞击着华年。

后海的记忆，
是因为彩裙婀娜。
跨过一道道霓虹，
心比水婆娑。
无论流走多少梦，
请你别忘我来过。

2015年4月6日

不知哪方属于你

——为家犬下下而作

悄悄地不辞而别，
是被强盗盗走的。
最难受的那一刻，
想必你哀号乞泣；
那粉红的眼睛里，
一定已噙满泪滴。
断奶才一年光景，
健硕且快乐灵犀。
本性当纵情山野，
自由有无比魅力；
可这是物欲世界，
谁在乎悲欢离异。

你是小区的名角，
见谁都友善摇尾。
顽劣时追逐小鸟，
犯错时俯首屈膝；
每天都迎来送往，
如今却空院寂寂。
我久久凝视门外，
想象你来回漂移。
那青翠的草坪上，
怎么就杳无踪迹；

矫健如白色闪电，
恍然成断章残迹。
天地间物各有主，
缘分却丝网难理。
但愿能另投良主，
最好是牧野随骥；
生命才刚刚开始，
不知哪方属于你。

2015年6月15日

冒雨行即兴

雨够大，
撑伞行走人不多。
轻装出门去，
没有迟疑、
没有顾忌。

走过浓郁的林间小路，
雨淋在树上，
打在水洼里，
伞下感觉是点点滴滴……

走过公园，
走过湖滨，
走过迷茫的旷宇。
雨变得越来越大，
保护范围在降低，
甩起一串飞沫，
索性释放自己。

人行天地当自由，
何必总被矮檐逼。
浑身湿透能几回，
归来常忆风和雨。

明天下雨，

还要独行！

2015年8月18日

为女儿婚礼感作

你是山顶的一抹彩云，
近在眼前，风生水起。
你演绎着浪漫的邂逅，
那么灵动、那样清晰。

你是江上的一叶轻舟，
凌虚破浪、鹏程万里。
你承载着无边的惦念，
长风牵手，若离若即。

你是天边的一只飞鸟，
世界够大，梧桐可栖。
你采集着美好的心愿，
阳光雨露、点点滴滴。

你是圣殿那优雅梵花，
有爱庇佑、芳香四溢。
你定记住爸妈的期盼，
简单快乐、永是慰藉。

2015年10月5日

中秋晚上

看不见月亮，
也看不见自己的容貌；
听不出风声，
也听不出自己的心跳；
闻不到木樨，
却闻到了自己的芳香。

在这个中秋晚上，
有一个人在徜徉，
你知道有种浪漫，
就是孤独的畅想。

2015年11月9日

晨曦里的观山湖

早起观山拍照，
携带长枪短炮；
晨雾幂幂清冷，
银鹰划破天郊。

氤氲暖气上升，
红日悬挂树梢；
万籁寂寂羞放，
水中白鹤轻巧。

往昔匆匆过客，
相逢会心一笑；
芦苇丛中莫语，
专心致志打鸟。

2016年12月6日

坚守就是胜利

——调研戒毒工作有感

禁毒，
怎么成了，
世界性难题。
那是因为
——我们内心怯弱，
我们缺乏勇气。
坚守一天，
是一天的胜利；
那么，
坚守一年、十年、数十年，
是不是战胜了自己。

在贵州，
有那么多仁人志士。
你们是
——警察、教师、公务员，
还有无数社会工作者，
甚至涉毒人员的家人。
你们勇于挑战极限，
要挖掉祸害的总根。
从此，
呕心沥血斗毒魔，
光照彼岸宁舍我。

同时，
也有那么一些人，
他们也是我们兄弟姐妹，
他们曾堕落、反复堕落，
似魑魅不堪救药，
让亲人痛彻心扉。
但是
——你们绝不放弃，
在爱和恨的感召下，
在剜尽灵肉痛楚后，
他们上岸了！
回望地狱之不堪，
深悟人性永呼唤。
这些十字架下、
浴火重生的幽灵
——顽强地站起来了，
并且勇敢地忏悔。
于是，
兴阳光工程，
领众人拾柴，
撕开彼此的胸膛，
把阴暗魂魄照亮！
禁毒，

唯其不宜，
却能兴邦。
打一场人民战争，
让整个社会携手
——敢于向懒惰亮剑，
必闪现灵异之光。
只有没做到，
哪有不可能，
勇往直前，
我们拼搏在路上。

2017年3月29日

边境杂感

从芒市到瑞丽，
一路上谈的、
都是毒品和玉器。
毒情让人揪心，
贪欲和理性、
谁最终战胜自己？
玉器价值连城，
琳琅满目啊、
难道不百感交集！
明月照耀边庭，
今夜住在瑞丽，
泡过温泉出来，
夜景让人着迷。
天堂和地狱、
怎就挨在一起？

2017年4月1日

西昌邛海留客时

周日邛海走走，

叶梅妩媚艳诱。

孔雀敞屏追逐，

游客反而害羞。

荷花池里摇船，

索玛道上闲溜。

极目眺望远山，

云如雪莲晃悠。

窗前慢饮新茶，

翻读彝藏史钩。

一阵雷雨飞来，

感谢老天挽留。

2017年5月7日

拉萨观看大型情景剧《文成公主》有感

唐蕃古道风猎猎，
乱石嶙峋水湍急，
千条江河往东泻，
我却溯流独向西。
什么地方是远方？
什么地方是家乡？
听说过吐蕃，
那是一片洪荒的蛮原，
人畜罕至、鬼神也惊，
一去心知便难回。
可有人说——
到不了的地方是远方，
回不去的地方是他乡。

长安城的繁华，
曲江夜的浪漫，
来不及品味和欣赏，
就肩负起沉重使命。
皇朝的安宁与盛衰，
托付妾娇弱的身躯；
不得不擦干眼泪，
不得不抛亲远离。
登上高原那一刻，

心碎如同日月镜，
帝阙从此在梦里。
敢问身边无所不能的佛祖，
这艰难跋涉可是妾的皈依。

一千三百年转瞬而去，
高原已奉妾遗世神灵？
有多少膜拜的人啊，
就有多少慈悲的心。
格桑花犹如我昨日的美丽，
青稞酒浇醉我凄美的恋情。
白塔上的哈达，
黄墙里的经幡，
谁能再找回自己？
天上没有远方，
人间都是故乡，
等你在雪域天堂。

2017年8月20日

藏地感寄仓央嘉措活佛

找遍布达拉宫，
不见你的迹踪。
神秘的灵塔，
一样的喇嘛，
为何讳言如风？
有情无情，
都源本心；
不增不减，
褪尽铅华。
你是世间法爱，
也是圣殿经钟。

蹚过冰川云峰，
不见你的行踪。
奔腾的江水，
静谧的草原，
谁在自由吟诵？
天上雪莲，
帐里酥灯，
月在吟哦，
香绕娑婆。
你是千年回眸，
亦是无边净空。

推开寺庙毡篷，
不见你的影踪。
虔诚的叩拜，
欢快的歌舞，
活得如此从容！
霜林竞醉，
生死无虑；
活在当下，
光照浮屠。
你是藏地精魂，
更是灵山赤松。

2017年8月24日

考察西部影视城联想

宁夏有个影视城，
作家灵肉牧马人。
镇北堡里皆道具，
明清土围刀剑真。
红高粱酒香四溢，
龙门客栈秋渐深。
驻足远眺贺兰山，
横亘陡峭西部魂。
意欲苍凉寻体验，
商业运作代斯文。
归来只觉身疲惫，
且将诗照做心坟。

2017年10月22日

注：银川城外贺兰山下有个建于明清时期的镇北堡，当年系屯兵所建，距今已有近300年历史，20世纪80年代著名作家张贤亮借势在此修建影城，至今拍摄了《红高粱》《黄河绝恋》《牧马人》等数十部电影，并成为国家五A级景区。

看长治为孙儿发感

长治就是上党，
我军从此奔放；
原来以为北地，
却是江南模样；
小米面食精到，
气候怡然无双；
尔本龙凤基因，
气运源自太行；
华夏文明久远，
今朝势不可当；
以此寄寓我孙，
自信就能逞强。

2017年10月26日

红枫湖的记忆

总是淅沥沥的雨呀，
这山区独特的秋季；
邂逅红枫湖的印象，
迷雾茫茫一脚的泥。
广阔天地大作为的歌声，
穿透那空旷潮湿的大地。

总是淅沥沥的雨呀，
洗刷爹妈难了的情；
从此就浪迹江湖上，
不再有温柔的洗礼。
野鸭群从湖里飞向田野，
仿佛是青春跌宕的行迹。

总是淅沥沥的雨呀，
漂染着难忘的初遇；
山茶花收敛了娇羞，
用汗血来铸就心堤。
勇于面对那无边的浩瀚，
从此任波浪反复撞击。

总是淅沥沥的雨呀，
淋湿了人生的须臾；

在你我他的眼中，

是苦乐交加的泪滴！

纵然浏览过千山万水，

惦记的还是那芳草气息。

2017年12月08日

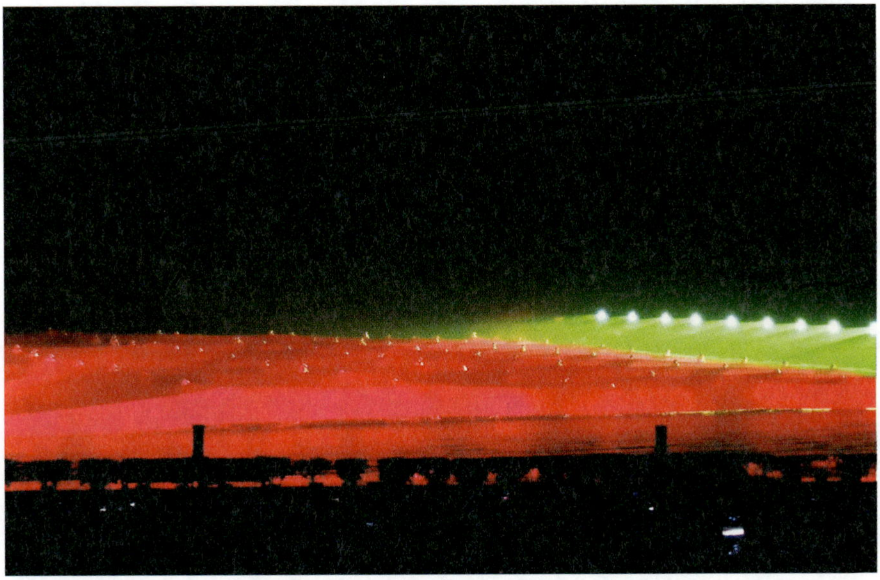

观《印象·刘三姐》有感

印象刘三姐，看完没印象。
光影色堆砌，千人瞎奔忙。
农闲无故事，渔忙反远航。
歌声随景乱，寒意趁风狂。
演出十三载，银滚似水响。
叹老谋深算，哀观众无殇。
江月知时园，跨年懂酒香。
出门找乐子，管他草与秧。

2017年12月31日

京中乘地铁感叹

每天挤过繁华，
埋头默默无语，
孤独，
总是在人海里。
轻易学会喧闹，
怎会约束情绪，
孤独，
何曾了无声息。
很想敞开心怀，
人却各有疑虑，
孤独，
一看非我非你。

2018年4月27日

在途偶感

待几天就想走，
走一段又想来。
北京，
像巨大的磁铁，
吸引八方精英，
吃苦磨炼，
惨淡打拼……
北京，
像冷峻的沙场，
总是缺少温馨，
斗室寂寞，
繁华何栖。
有多少父母，
为扶助儿孙，
把自己装进衣服里，
来往于牵挂的北京。

2018年6月12日

敦煌莫高窟行吟

我来到敦煌，
一切与想象中不一样，
莫高窟依旧繁华。
游客穿梭在，
几百个石窟之间；
庄严的佛像，
默默倾诉烟与火；
艳丽的壁画，
任凭光阴去猜想。
转眼一千年，
丝路风沙阻不断，
四海的目光。

我来到敦煌，
一切与想象中不一样，
莫高窟烽火涅槃。
怨大漠凶险，
往来西域多恐惧；
彪悍游牧人，
争抢边关赍血腥；
寂寞商旅途，
搬来佛祖疗忧伤。
苍茫一瞬间，

何时卸甲求佛仙，
歧途问玄奘。

我来到敦煌，
一切与想象中不一样，
莫高窟旷世悲情。
经书散异域，
道士贪财误禅林；
天灾加人祸，
神女飞天几时归；
岁月在剥落，
金银泼来沙尘荡。
盛世呈供台，
反弹琵琶偷洒泪，
红颜付蛮荒。

2018年9月3日

山野花渐渐地开

山野花渐渐地开，
我见青春飘过来，
灿烂霞光一道道，
天地万物都精彩。
山野花恣肆地开，
我沿花径上天台，
姹紫嫣红情未了，
一枕香梦难忘怀。

山野花落静静筛，
我飞泪雨心似海。
色淹万里搏一瞬，
芬芳耗尽任人猜。
山野花瓣尘土埋，
我会等着你再来，
聚散无关生死事，
昊天回首魂永在。

2019年5月31日

行走观山湖公园感

行走观山九年，
人生几度流连；
熟人多已老去，
草木依旧繁衍。
心中那只白鹤，
往返飞过眼前；
能否与你同舞，
无论水涯云间。
梦里那丛黄梅，
灿然更胜昨天；
好想陪你入定，
也算拈花长眠。
行走观山九年，
心已不复他念；
风景还在路上，
无闲胜似有闲。

2019年6月5日

筑城夜听雨

暑气低萦，

灵光摇曳。

风吹过来一阵，

急促的蛩鸣。

瞑目等待，

莫非——

忐忑的缠情。

朦胧枕畔，

天音渐促。

哗哗沙沙沥沥，

揉搓着松林。

魂兮脱壳，

雾罩帘梢。

屏息抽丝，

亦如——

寂静里行吟。

蜿蜒升腾跌宕，

沉迷在梦里。

蓦然惊醒，

沐浴——

新翠和温馨。

2019年7月10日

夏季多雨闲愁遐思

大雨、中雨、小雨，
日复一日，
淹没了整个夏季。
寒湿、潮热、阴郁，
反复蹂躏，
不知晴朗在哪里？
平庸时光，
闲愁寡趣，
纵使眼前花想美丽，
横竖总觉平淡无奇；
你想要什么，
我心在哪里？

谁会喜欢连日淫雨，
谁会讨厌花开四季！
寂寞辜负你、
欢快忘却你、
酒醉拥抱你，
到头却，
怎么离也离不开你！

2019年7月25日

悄然回眸辞故乡宜黄

宜河水的波光，
映照着晴朗的早上。
曹山寺的钟声，
卓望塔的月亮，
读书堂的回音，
黄陂桥的弱柳。
该留下的已留下，
想带走的带不走。
模糊的记忆，
熟悉的味道，
家乡的情愁，
都定格在，
一次悄然的回眸。

2019年11月14日

买不到书的乡镇

蜗居南海一隅，
忽想买书来读。
驾车到处寻找，
访遍三乡四处。
这家只有牌匾，
那家空叫书屋。
问人何处可购，
人家笑我糊涂。
书店紧邻学校，
纸笔文具可贾。
如今都用手机，
为何还要买书？
八卦阴阳节气，
摊前怎不见汝？

九所偏僻乡壤，
吃穿才是正途。
本来满怀期望，
却被抢白无语。
索性导航去找，
管他异乡陌路。
不料科技书店，
只有加减乘除。

还有育才书店，
里面简陋想哭。
半天辗转无果，
难免心潮起伏。
贫穷本不可怕，
愚昧怎可自如。
哀哉国际旅岛，
切莫如此粗俗。

2019年12月23日

再返琊珑坝知青农场感吟

那些棚屋不见了，
坎上弥漫荒野草；
那些山路仍蜿蜒，
鲜嫩绿叶迎面飘；
那些陈船搁水涯，
鱼儿嘻戏小小鸟；
那些坡上垄垄茶，
已无当年玉米稍；
那些湖湾波光闪，
罩山摇梦映残桥。

风中传来呼呼声，
仿佛仍在围炉吵；
荆棘牵衣影音远，
依稀结伙赶夜道；
湖波潋滟频拍岸，
几乎载来油茶岛；
风雨亭内辨花树，
俨然又在议耕劳；
景物依旧植被新，
放眼难识青春老！

铁门深锁庭院静，

好想又把舍门敲；
脚下湿滑泥土香，
可摘新芽佐佳肴；
登高眺望心潮涌，
恨无金谷度春宵；
欲捧湖水洗心肺，
斑斑雪蕊挂眉梢；
几番回首魂未断，
红枫湖畔一梦遥。

卷五

冬无尽藏

参观波尔多葡萄酿酒庄

红葡萄，白葡萄，
柔荑婀娜含羞笑，
橡木桶里度春宵。

红葡萄，白葡萄，
化作甘露犹自俏，
绵绵销魂不觉晓。

红葡萄，白葡萄，
无欲抛却一脉香，
阅尽春秋拈花笑。

2007年冬日

喜 欢

喜欢，
云堆的晴日，
那一抹辉光，
儿时的惊异，
成年的感伤！

喜欢，
清晨的霜露，
那一点柔漾，
情人的眼泪，
逝去的怀想。

喜欢，
雨雾的山湖，
那一袭清凉，
朦胧的久远，
淡淡的水乡。

2014年11月29日

游黔灵山为一念而题

我在菩提树下等你，
你不来，
我也没有脾气。
人世繁华，
素影纤云，
清音入窍，
有你足矣。
我在菩提树下等你，
来不来，
我都会在乎你。

前世今生，
业积缘起，
风拂水撩，
你在心里。
我在菩提树下等你，
慢慢走，
留下你的背影。
千年一瞬，
爱无闲隙，
无边落叶，
你去哪里？

2015年2月20日

绕行昆明湖

那山、那水、那些庙，
那不熟悉的人群。
有没有想过，
一个人去颐和园悠游。
古树今鸟，
空灵佛道，
一舫皇船，
寒风未老。

那碑、那路、那拱桥，
那说不尽的故事。
有没有想过，
一个人去颐和园寻旧。
落鹭栖霞，
残冰碎柳，
廊堤盘桓，
香销石瘦。

那歌、那乐、那新草，
那该简单的周末。
有没有想过，
一个人去颐和园行走。
孤独滋文，

诗缠春诱，

物竞丛林，

心道天修。

2015年3月8日

任性的心海

翻越苍丘，
绕行翠堤，
湿漉漉清新不已，
槐花花沁人心脾。
烦愁在哪里？
劳累在哪里？
在滚落的臭汗里，
在忘却的记忆里。

迎来甦风，
送走疾雨，
静悄悄山湖相觑，
露珠儿缀满草地。
相思在哪里？
快乐在哪里？
在炫目的野花里，
在袅袅的烟霞里。

辰光轻抚，
彩云软披，
叽喳喳燕舞莺啼，
晃悠悠井鲤忘己。
梦想在哪里？

皈依在哪里？

在随机的采撷里，

在任性的心海里。

2015年5月13日

观山湖恋歌

昨天走过观山，
阳光明媚璀璨，
见人行色匆匆，
以为都去办案。

今天走过观山，
细雨微风清寒，
本来正好疾行，
想想没啥事干。

明天还走观山，
时间可早可晚，
眼里只有四季，
心中已无纠缠。

2015年11月10日

周日随笔

周末走路锻炼，
遇到一个晴空；
太阳缓缓破雾，
迎面清冽寒风。
归来洗去汗尘，
隔窗晒晒懒慵；
烹茶翻读庄子，
一时天马行空。
庭外花开花落，
心里亦春亦冬；
天地本无差别，
谁能看破朦胧。

2015年12月27日

元月的联想

还惦记着供台的佳肴，
还陶醉在风中的飞翔；
还抚摸着磨损的刀剑，
还沉湎在驰骋的梦乡。
旧岁逝去了，
元月来临了，
多少无头绪，
回顾更沧桑。

来不及捋去案上浮尘，
来不及打理远足行囊；
来不及畅怀招摇过市，
来不及捧盏醉卧朝堂。
琼花凋谢了，
玉树枯萎了，
四野茫茫路，
何处是家乡。

怎样温暖冷硬的大地，
怎样叩击空旷的天窗；
怎样搜寻散乱的灵感，
怎样捕捉梦幻的时光。
悄悄雪化了，

姗姗春来了，

凤鸣石岭上，

寂寞也生香。

2016年2月2日

今生遇见你

——为西政校友歌填词

滚滚红尘，
逍遥天地，
那是何等的缘分，
修出这斗转星移。
茫茫人海，
今生遇见你；
最甜同学梦，
今生遇见你。

歌乐情怀，
法学阶梯，
一样风雨西窗，
再回首江河湍急。
茫茫人海，
今生遇见你；
最甜同学梦，
今生遇见你。

信赖千秋，
爱在欢喜，
面对浮躁喧嚣，
心依旧云在水里。
茫茫人海，

今生遇见你；

最甜同学梦，

今生遇见你。

2016年11月22日

分明就是钓海

守候着一望无际，
让海风尽情吹拂，
盯紧每一个涟漪，
日复一日地发呆。
鱼饵换了又换，
邂逅这片南海。

有收获便能欣喜，
总得到反费思猜，
天地已给了一切，
何必似光影徘徊。
忘记扯回鱼竿，
魂已掉进大海。

终于坐成了礁石，
深深吐纳着潮汐，
万象蔚蓝中寂灭，
猛然见浪里花开。
这哪是在钓鱼，
分明就是钓海。

2017年2月7日

阴郁的春天

无数个阴郁的春天，
被绵绵蒙蒙的淫雨，
——沤酸。

梨花泪，
桃花斑，
茶梅伤早，
樱花恨繁。
泥泞路上罔他顾，
四面蕉声似栅栏；
山没雾障鸟藏树，
人在江湖叹孤寒。

2017年3月17日

寒冬凝冻吟

天上飘着零星的冻雨，
房檐和栏杆挂着冰凌。
滑石硬阶，
枯苇冷柳，
断竹偃草，
僵叶寒枝。

雀鸟依旧在树间跳跃，
享受清澈温馨的冬季。
寒梅越发的冷艳，
霜风滋养着香谧；
仿佛遥远的等待，
咋见时亦喜亦泣。

冬天原本是春天前奏，
素影铅华更柔韧犀利。
坚土蓄墒，
笋尖咋露，
流溪脱壳，
山脊荡气。

熬不过寂寞的是恐惧，
经得起凛冽的是翠微。

花苞累累静如处，
孕美凝晶待芳期；
因时应势无盛衰，
风刀霜剑情不移。

2018年1月31日

海滩寄怀

棕榈树下看海滩，
洋风吹拂波浪宽；
金沙连绵岸线远，
撞堤拍礁水雾翻；
洲迴岛莅桅杆舞，
天高日丽水蔚蓝。
潮汐声中时光促，
光影拂掠漂白帆；
眼空心旷思无住，
禅语云音剑眉展；
久寄南疆无闲暇，
莫非诗酒忘长安。

2018年2月10日

龙栖湾夜吟

沿着曲折海岸，
一脉青峰。
山海之间，
夙夜狂风怒吼。
惊天地，
泣鬼神，
撼人生。
是巨龙打咕噜，
还是潮汐吟诵？
或许，
地球在这里，
打了个褶皱。

2018年2月12日

自侃自娱

早上听书走路，
琢磨古人乐苦。
归来看看花草，
总觉有些荒芜。
伴着媒音午睡，
感觉未打呼噜。

阳台几泡清茶，
翻来翻去闲书。
铺纸匀气附雅，
落笔又觉鸦涂。
忽有电话问候，
说在享受孤独。

2018年5月4日

北京高峰赶地铁　我却所幸一过客

清晨8点赶地铁，
磁器口到北苑北。
钻进地道排长队，
秩序马虎靠大爷。
每分一趟不够运，
人流滚滚似浪叠。
登车好比攻险隘，
肉身封堵难嵌铁。
车上弥漫浊肺气，
还好雾霾已停歇。

横竖脸嘴无看处，
闭目数站心切切。
熬过三环人减半，
方可整衣把包捏。
装闲翻出手机看，
满车埋头无分别。
出站寒风欺明霞，
裹紧包装像躲贼。
莫言京城啥都好，
我却所幸一过客。

2018年12月4日

不忍惊魂

没爱过，
没说不爱，
就是忘不了，
那忧郁的眼神。
年轻时，
不懂得爱，
也不懂不爱，
好像易舍难分。
几十年，
偶尔一瞥，
谈笑的背后，
躲避还是陌生。
悄自去，
丢下万物，
却怕泪眼责，
更兼不忍惊魂。

2018年12月15日

夜宿恩施女儿城

女儿城里男半城，
无男吊楼何须门。
小河环绕石板路，
金铜饰品芳草盆。
琳琅店铺花团簇，
红牌蓝匾演斯文。
小吃街上香辣诱，
豆皮腊面美味腾。
茶肆酒楼陶杯碗，
坐看南来北往人。

环佩叮当红妆秀，
楚风巴韵最女神。
土苗汉子逞威猛，
酒罢摔碗气荡魂。
陪妻度假到鄂西，
看完阅兵游古镇。
山高水远网红景，
洗心离繁快乐增。
对饮归来踏璀璨，
古曲声中醉乾坤。

2019年10月5日

记家居小区自建小广场落成

夕阳挤进冬日的松林
悄悄地
斜躺在霜土上
红着脸
像酒醉的姑娘
两座青白挺拔的亭子
优雅地
轻轻把她扶起
忘情了
快乐的好邻居
相邀约
把栖霞挂在脸上

于是乎
欢歌笑语
笛声悠扬
飞杯换盏
吟诗舞裳
男人们把嗓子提高
女士则把围脖掀掉
哪有夜来寒冷
只有滚滚热肠
一直到

那正圆的月亮

把祝福

撒满每户院墙

预示着

小区还有不眠的晚上

2019年12月8日

下海游泳遇风平浪静骋想

一来到海滨，
便迫不及待，
跃进海里……
一阵畅游，
忘乎所以，
前面岛屿已临近。
突然发现，
波澜不惊，
海特别平静
云格外柔情……
太平静了，
仿佛置身幻境；
太平静了，
让人心生恐惧！

上帝在想什么，
端着一碗水，
竟然不呼吸？
沉稳还是压抑？
疑虑抑或敛气？
我寻找过这种平静，
感觉是肤浅的自娱；
等我在风雨中浪迹，

又渴望片刻的宁静；
如今埋入她的怀里，
心灵却得不到慰藉。

好在起风了，
海浪渐渐涌动，
云也开始游弋。
尝到了苦涩的海水，
遥远的桅杆在起舞，
天地也恢复了生机。
万物造化，
永恒一瞬，
快乐在即。
此情刻进心里，
肝肠断无孤寂。

2019年12月19日

海滩散步随笔

一个人

沿着蜿蜒的海滩

目含水光

来回散步

潮汐自在地起伏

心无旁骛

向东走

紧拽长长的身影

往西去

慢踩盈盈夕阳路

潮涨潮落

水空心空

转眼霞散天地红

泪如珠

2019年12月28日

我的二〇一九

我的二〇一九，没有多少说头。
表面匆匆忙忙，实则晃晃悠悠。
不用纠结上班，却又添了闲愁。
家务烦琐杂乱，国事难以分忧。
每天惦记锻炼，坚持游泳行走。
任它花开花落，只管诗海荡舟。
阳台读书喝茶，庭院伤春慕秋。
每日书法养性，时常文章练手。
偶烦生活寡淡，最乐结伴旅游。
采风英伦冰岛，携趣武陵徽州。
韭菜坪上望远，㵲阳河畔登楼。
京郊霜色耀眼，赣乡月光绵稠。

亲缘很难割舍，孝道唯有负疚。
妻女孙儿为大，北上南下何求。
但得琴瑟和鸣，亦喜阴晴相守。
驰骋江湖半载，忽觉缺朋少友。
幸能发挥余热，哪怨绿肥红瘦。
逢节遇故豪饮，落寞感怀杯酒。
岁末蜗居南海，劝吃诓睡料猴。
总觉游离世外，岂敢妄尊风流。
新年钟声将响，时光不许回眸。
但愿勿失自我，存在就想自由。

2019年12月31日于海南龙栖湾

疫情期间宅家悟

以前出门怕见鬼，
现在出门怕见人；
见鬼犹能勇打斗，
见人害怕遇瘟神。
生人尚可不张睬，
熟人还得打哼哼；
碰到友朋更尴尬，
欲问何来恐生分。

君不见，
疫情汹汹黑云卷，
万马齐喑血泪吞；
九州四海无净土，
贵贱贤愚恐惧生。
多少无辜遭暗算，
多少家庭送离魂；
多少沐猴浮水面，
多少英雄祭昆仑。
如今亲友也难信，
欺蒙自负都可能；
万众宅家本无奈，
无非让尔人防人。
君且记，

古来赤裸不遮掩，
至有冠带变斯文；
可恨终有贪婪者，
惹得魔咒降凡尘。
天灾岂有人祸重，
任性作孽必遭惩。
人在江湖贵相爱，
社会纽带靠真诚；
慈悲善良不能弃，
顺应自然最人伦。

2020年2月14日

独处心得

习惯了一个人，
不再悲喜纠结，
仿佛，
挂靴隐身，
霞雨逐奢。

习惯了一个人，
哪怕生离死别，
犹如，
魂灵飞逝，
呼吸骤歇。

习惯了一个人，
日月星辰无遮，
俨然，
哭笑招风，
江海飙液。

2020年4月9日

走过一条小路

走进一条小路，
蜿蜒跌宕，
仿佛命运方物，
孤寂感伤。
拂掉夹道花草，
但看画鸟逍遥，
天台云簇，
酒酵阮郎。

走向一条小路，
林绕石张，
若婉遗情回顾，
夕染荷塘。
何曾语惊四座，
梦断古风绕梁，
墨沉香炷，
坦腹西厢。

走过一条小路，
千山水响，
淘尽红尘凄苦，
魂安欲藏。
且把芳华褪去，

皓首凌空换场，

莫不贪程，

生死何妨。

2020年4月17日

后记

《菜根谭》有言："徜徉于山林泉石之间，而尘心渐息；夷犹于诗书图画之内，而俗气渐消。故君子虽不玩物丧志，亦常借境调心。"借境调心！真是点到了我的痛处，退休后体会尤其深刻。

庚子年是个不平凡的年份，不仅国际关系复杂，且新冠疫情肆虐不久，春寒料峭中又不幸摔伤。本来就赋闲在家，故于疗养中开始琢磨并痛下决心，要收集一直以来创作的诗歌（自由体）、散文出一本集子。最终凑句开张——满池风舞荷，谁奏采菱歌？野韵千般好，津津似伐柯。

清代大文人袁枚说过"性情之外本无诗"，我自幼钟情文学诗词原本属于兴趣，少年时较喜欢古文古诗，觉得里面充满云水趣；下乡当知青后由于一系列“破旧迎新”戒条，不得不改弦易张，交往新诗新文这个朋友；如今熬成了木石心，管他流水落花，只图心灵自在，唯性情尔。本集子所选的100首自由体诗，有4首是20世纪七八十年代旧作，知青岁月滞留着难得的理想与激情痕迹；大学期间则几乎都是浪漫加真情流露——那是与夫人青春恋情的见证，囿于各种考量只选了三分之一；此外大部分是前些年即将挂靴重拾起的浅吟轻唱。谁知几年来犹如闸门顿开，诗文频频，2014年夏末得线装书局厚爱出过一本古体诗词《心动集》，2017年初秋又蒙贵州人民出版社青睐发行了游记性散文集《海外行记》，均获得了读者们如潮好评。不过我虽然对古体诗词偏爱并琢磨得深入一点，但于自由体诗也会常常心仪，尤其是想抒发浓烈的情绪时，本集子里收集的大多有此情怀。如今尽管已宠辱不惊，去留无意，但吟风弄月中总是难免忧人忧事忧天下，恐怕亦系本性难移也。不过这本集子更让我动心续缘的是那28篇散文，内中有回味有游记有情感抒发，读者尽可从中去寻找共鸣。写散文一直是我的强项，中学时作文频频得到老师在讲台上宣读点评，在贵州省商校读中专时那篇《我的老师》竟然得了120分，抄在墙报上供大家赏读。可惜早年撰写的许多文章找不到了，且步入职场后又因工作需要和某些清规戒律只埋头写官样文章了，哪里敢卖弄花前月下。

我一直在琢磨一个问题，为何陶冶在法律思维的严谨中，会有空灵绰约的文思？后来在古人身上找到了答案，就说唐宋八大家，哪一个不是政声卓著的名宦，却都纵横在文坛上声名遐迩！看来必是中华历史文化沉淀使然。另一个问题是一个理性随和、宠辱不惊的人下笔怎会那么奔放铺陈，情景描绘怎会如此惊心动魄？仔细想来我本性是敏感张扬的，崇尚不拘一格的真情流露，但所学专业与职业生涯限制了尽情发挥，有人说是入错了行，无法推断，谁又知道呢？这里想表明的是我搞的虽是业余创作，但本人诗文就理性感悟和形象意境来说，定不会如南郭先生般混淆视听——酒至微醉、花赏半开，盼诸位热心读者并有缘之人用心辨识。

非常感谢中央党校同学郭新民（著名诗人、画家、书法家、作家，山西省文联副主席，长期在中国作家协会、中国诗歌学会、中国美术家协会、中国书法家协会挂重衔）先生，在创作与扶贫双向辛劳中抽出宝贵时间，认真品读书稿后写来热情洋溢、文笔酣畅的序言，为本书增添了厚重风采与文气！深情感激为贵州后发赶超打下坚实基础并激情引领跨越的林树森老省长，亲自提笔为“浪卷如初”书名泼墨！感谢华东、克佳、晓莉、金晶、肖婷等曾经的同事如今的朋友不吝辛劳帮助编校文稿整理照片等。还要感谢贵州人民出版社再次认真编辑出版我的诗文集。最后要特别感谢夫人和女儿的爱和关心，使我始终葆有澎湃的豪情及愉悦的心性，才能不断创作出这些精美的诗文。

荷满池塘摇曳张，回瞻愿景懒思量。采来莲藕邀老友，陈酒纤秾淡淡香。但愿这本《浪卷如初》能够开启新的航程，培育出更加精彩的文思和作品。

邹伟　　2020年11月2日于筑城傍松居